安妞！一口氣學會韓語40音

金龍範 著

preface
前言

韓語有太多詞語跟發音跟中文相似，
我們不用學就會啦！
學韓語跟學日語一樣，
我們幾乎偷跑了 100 步，
不學就浪費啦！

愛看韓劇、追星，喜歡韓國文化，想學韓文，
但韓文看起來好像很難！
一直遲遲沒有行動的您，好康告訴您，
其實大部份的韓語文字及發音，您早就會啦！
只要加上「中文＋羅馬」拼音小幫手，
一口氣就能學會韓語 40 音！

以前韓國是中國的藩屬國，所以在還沒發明文字前，雖然講的是韓國自己的語言，但文字書寫，卻是使用中國漢字。後來韓國發明了自己的文字，漢字也逐漸停用。儘管如此，漢字仍然使用在名字、公司行號及重要節日等等上面。不僅如此，現在的韓語中，還是留下許多詞語，都有漢字可以對應的，而且發音也幾乎跟中文一樣。例如：

韓文	發音	中文意思
雨傘（우산）→	屋傘→	雨傘
理由（이유）→	衣由→	理由
友好（우호）→	屋後→	友好
郵票（우표）→	五票→	郵票
運送（운송）→	溫送→	運送

從上面來看，太多單字我們不用學就會啦。學韓語，跟學日語一樣，我們幾乎偷跑了 100 步，不學就浪費啦！

其實韓國文字也深受中國文化影響，是按照中國的天地人思想創造出來的。再加上有些韓語發音，跟中文相似，記起來就是這麼簡單！本書在這一基礎上更精心編寫「圖解造字」及「圖解發音」，以快速　發您右腦聯想記憶，配合「中文＋羅馬」拼音的輔助，包您看到韓國文字，馬上會念！本書特色 3 大重點：

掌握 3 大重點，學好 40 音超輕鬆——

重點❶ ▸▸▸ 圖解韓文字，自學一點就通！

韓語的母音有圈、有線、有點，這是根據中國天地人思想而來的：圈圈「ㅇ」代表太陽（天），橫線「ㅡ」代表地，直線「ㅣ」是人。本書利用可愛的「圖解造字」讓您秒解母音字源！

而韓語子音，是模仿發音嘴形的樣子而造的。本書再加上有趣的小蕃茄「圖解發音」教您説，讓您只要看到圖就能直接聯想子音的寫法！子音及母音組合起來方方正正，自學一點就通！

重點❷ ▸▸▸ 只要轉換一下，中文馬上變韓語！

本書所有例句、單字都精心標注「中文＋羅馬」拼音，熟悉韓語發音規則後，再搭配拼音輔助，天啊！只要轉換一下，中文馬上變韓語！阿公、阿嬤也完全不費力！零基礎，也能用中文就 GO ！去韓國到哪都通啦！

重點❸ ▸▸▸ 學會發音，馬上秀韓語！

獨家免費附贈「這樣發音才像韓國人」的專業韓語老師朗讀光碟。光碟中每個字母發音都有「單字與韓劇流行句」，只要跟著老師「慢→快」念三次，「眼」、「耳」、「口」、「手」全方位學習，發音、字母一次到位，單字、句子一口氣學會，馬上贏在起跑點！

contents

目錄

韓語文字及發音

看起來有方方正正、有圈圈的韓語文字，據說那是創字時，從雕花的窗子，得到靈感的。圈圈代表太陽（天），橫線代表地，直線是人，這可是根據中國天地人思想，也就是宇宙自然法則的喔！

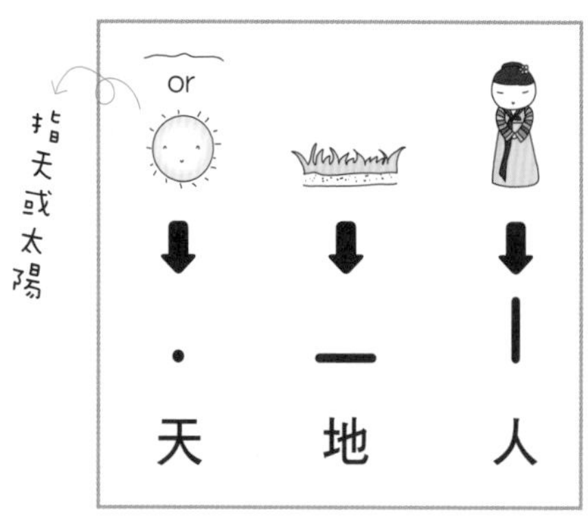

另外，韓文字的子音跟母音，在創字的時候，是模仿發音的嘴形，很多發音可以跟我們的注音相對照，而且也是用拼音的。

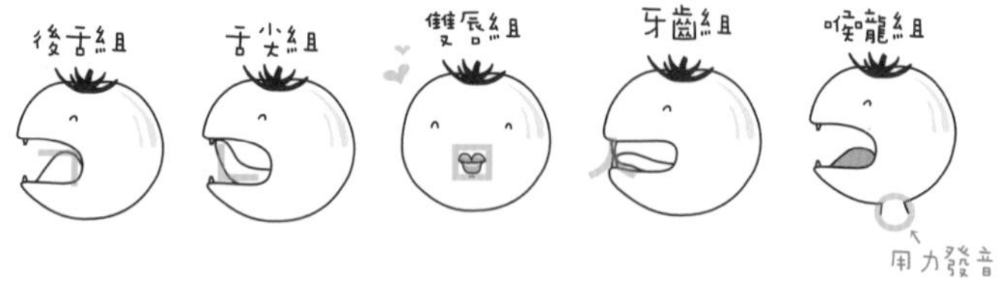

韓文有 70% 是漢字詞，那是從中國引進的。發音也是模仿了中國古時候的發音。因此，只要學會韓語 40 音，知道漢字詞的造詞規律，很快就能學會 70% 的單字。

❶ 韓語發音及注音、中文標音對照表

	表記	羅馬字	注音標音	中文標音
基本母音	ㅏ	a	ㄚ	阿
	ㅑ	ya	ㄧㄚ	鴨
	ㅓ	eo	ㄛ	喔
	ㅕ	yeo	ㄧㄛ	幽
	ㅗ	o	ㄡ	歐
	ㅛ	yo	ㄧㄡ	優
	ㅜ	u	ㄨ	屋
	ㅠ	yu	ㄧㄨ	油
	ㅡ	eu	ㄜㄨ	惡
	ㅣ	i	ㄧ	衣
複合母音	ㅐ	ae	ㄟ	耶
	ㅒ	yae	ㄧㄟ	也
	ㅔ	e	ㄝ	給
	ㅖ	ye	ㄧㄝ	爺
	ㅘ	wa	ㄨㄚ	娃
	ㅙ	wae	ㄛㄝ	歪
	ㅚ	oe	ㄨㄝ	威
	ㅝ	wo	ㄨㄛ	我
	ㅞ	we	ㄨㄝ	胃
	ㅟ	wi	ㄩ	為
	ㅢ	ui	ㄛㄧ	＊喔衣＊

	表記	羅馬字	注音標音	中文標音
基本子音	ㄱ	k/g	ㄎ／ㄍ	課／哥
	ㄴ	n	ㄋ	呢
	ㄷ	t/d	ㄊ／ㄉ	德
	ㄹ	r/l	ㄦ／ㄌ	勒
	ㅁ	m	ㄇ	母
	ㅂ	p/b	ㄆ／ㄅ	波／伯
	ㅅ	s	ㄙ	思
	ㅇ	不發音/ng	不發音／ㄥ	o／嗯
	ㅈ	ch/j	ㄘ／ㄗ	己／姿
	ㅎ	h	ㄏ	喝
送氣音★	ㅊ	ch	ㄘ／ㄑ	此
	ㅋ	k	ㄎ	棵
	ㅌ	t	ㄊ	特
	ㅍ	p	ㄆ	坡
硬音☆	ㄲ	kk	ㄍ、	哥
	ㄸ	tt	ㄉ、	德
	ㅃ	pp	ㄅ、	伯
	ㅆ	ss	ㄙ、	思
	ㅉ	cch	ㄗ、	姿

	表記	羅馬字	注音標音	中文標音
收尾音	ㄱ	k	ㄍ	學（台語）的尾音
	ㄴ	n	ㄣ	安（台語）的尾音
	ㄷ	t	ㄊ	日（台語）的尾音
	ㄹ	l	ㄖ	兒（台語）
	ㅁ	m	ㄇ	甘（台語）的尾音
	ㅂ	p	ㄆ	葉（台語）的尾音
	ㅇ	ng	ㄥ	爽（台語）的尾音

★ 送氣音就是用強烈氣息發出的音。

☆ 硬音就是要讓喉嚨緊張，加重聲音，用力唸。這裡用「ヽ」表示。

★ 本表之注音及中文標音，僅提供方便記憶韓語發音，實際發音是有差別的。

❷ 韓文是怎麼組成的呢？

韓文是由母音跟子音所組成的。排列方法是由上到下，由左到右。大分有下列六種：

1

子音＋母音 ⟶

子
母

2

子音＋母音 ⟶

子	母

3

子音＋母音＋母音 ⟶

子	母
母	

4

子音＋母音＋子音（收尾音）⟶

子
母
子（收尾音）

5

子音＋母音＋子音（收尾音）⟶

子	母
子（收尾音）	

6

子音＋母音＋母音＋子音（收尾音）⟶

子	母
母	
子（收尾音）	

❸ 反切表：平音、送氣音跟基本母音的組合（光碟錄音在46首）

母音 / 子音	ㅏ a	ㅑ ya	ㅓ eo	ㅕ yeo	ㅗ o	ㅛ yo	ㅜ u	ㅠ yu	ㅡ eu	ㅣ i
ㄱ k/g	가 ka	갸 kya	거 keo	겨 kyeo	고 ko	교 kyo	구 ku	규 kyu	그 keu	기 ki
ㄴ n	나 na	냐 nya	너 neo	녀 nyeo	노 no	뇨 nyo	누 nu	뉴 nyu	느 neu	니 ni
ㄷ t/d	다 ta	댜 tya	더 teo	뎌 tyeo	도 to	됴 tyo	두 tu	듀 tyu	드 teu	디 ti
ㄹ r/l	라 ra	랴 rya	러 reo	려 ryeo	로 ro	료 ryo	루 ru	류 ryu	르 reu	리 ri
ㅁ m	마 ma	먀 mya	머 meo	며 myeo	모 mo	묘 myo	무 mu	뮤 myu	므 meu	미 mi
ㅂ p/b	바 pa	뱌 pya	버 peo	벼 pyeo	보 po	뵤 pyo	부 pu	뷰 pyu	브 peu	비 pi
ㅅ s	사 sa	샤 sya	서 seo	셔 syeo	소 so	쇼 syo	수 su	슈 syu	스 seu	시 si
ㅇ –/ng	아 a	야 ya	어 eo	여 yeo	오 o	요 yo	우 u	유 yu	으 eu	이 i
ㅈ ch/j	자 cha	쟈 chya	저 cheo	져 chyeo	조 cho	죠 chyo	주 chu	쥬 chyu	즈 cheu	지 chi
ㅊ ch	차 cha	챠 chya	처 cheo	쳐 chyeo	초 cho	쵸 chyo	추 chu	츄 chyu	츠 cheu	치 chi
ㅋ k	카 ka	캬 kya	커 keo	켜 kyeo	코 ko	쿄 kyo	쿠 ku	큐 kyu	크 keu	키 ki
ㅌ t	타 ta	탸 tya	터 teo	텨 tyeo	토 to	툐 tyo	투 tu	튜 tyu	트 teu	티 ti
ㅍ p	파 pa	퍄 pya	퍼 peo	펴 pyeo	포 po	표 pyo	푸 pu	퓨 pyu	프 peu	피 pi
ㅎ h	하 ha	햐 hya	허 heo	혀 hyeo	호 ho	효 hyo	후 hu	휴 hyu	흐 heu	히 hi

MEMO

Chapter 1

基本母音

memo

先安排讀書計劃學得更快喔！

基本母音

Track 01

ㅏ [a]

阿

ㅏ

a

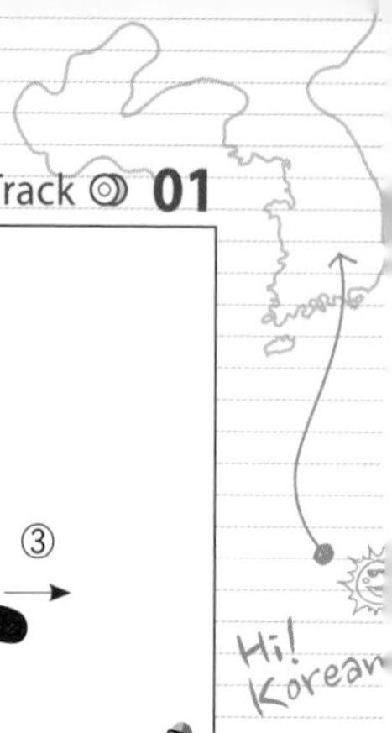

多加一個「ㅇ」是為了讓字形看起來整齊，美觀。

① ② ③

아

Hi! Korean

很像注音「Y」。嘴巴放鬆自然張大，舌頭碰到下齒齦，嘴唇不是圓形的喔！

「ㅏ」的發音

★ 注意聽標準腔調，老師會唸3次

跟中文的「阿」相似 ▶▶▶ ㅏ [a] ▶ ㅏ [a] ▶ ㅏ [a]

練習寫寫看

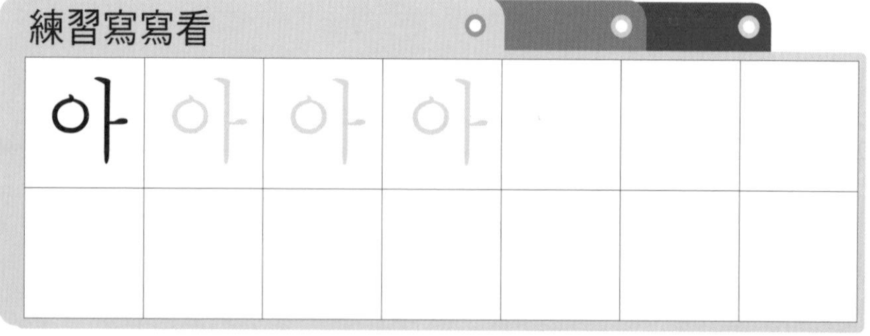

有「ㅏ」的單字

★ 跟著老師慢慢唸

a . u 아우 阿 . 屋 弟弟	a . i 아이 阿 . 衣 小孩

有「ㅏ」的會話

★ 配合朗讀MP3，大聲唸就記得住喔！

1

慢慢唸
不要急

아니야.
a . ni . ya

不對，
不是。

2

跟老師
一起唸

아니야.
阿 . 尼 . 呀

不對，
不是。

3

跟韓國人
大聲說

아니야.

基本母音

Track ◎ 02

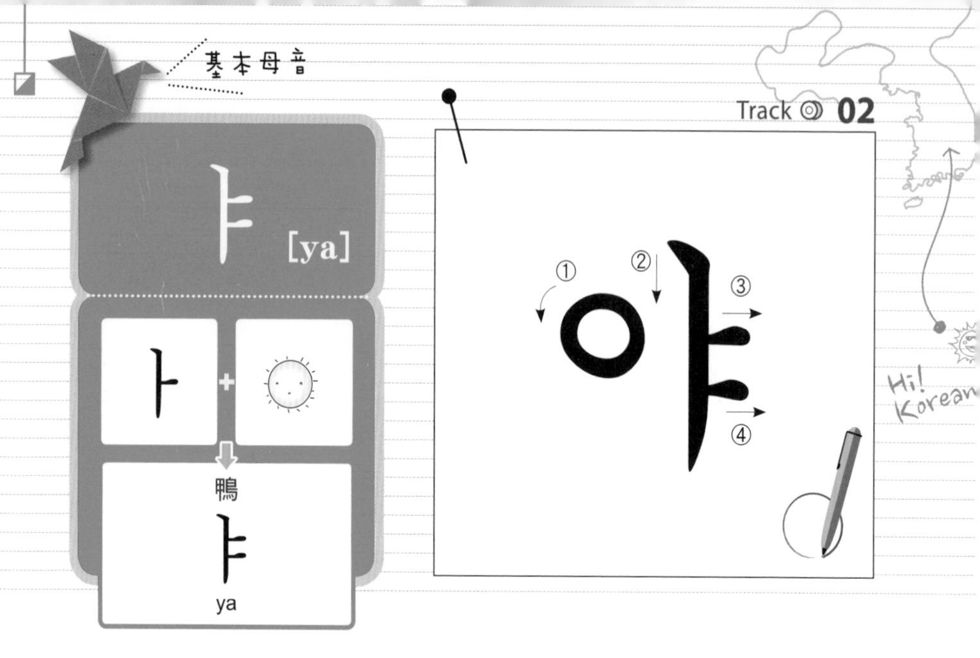

很像注音「一Ｙ」。發音的訣竅是，先發「ㅣ [i]」，然後快速滑向「ㅏ [a]」，就可以發出「ㅑ」音囉！

「ㅑ」的發音

★ 注意聽標準腔調，老師會唸3次

跟中文的「鴨」相似 ⋙ ㅑ [ya] ▶ ㅑ [ya] ▶ ㅑ [ya]

練習寫寫看

야	야	야	야			

有「ㅑ」的單字

★ 跟著老師慢慢唸

a . ya
아야
阿 . 鴨
啊唷
（疼痛時喊痛表現）

sim . ya
심야
心 . 鴨
深夜

有「ㅑ」的會話

★ 配合朗讀MP3，大聲唸就記得住喔！

1

慢慢唸
不要急

오래간만이야.
o. re . kan . ma. ni . ya
好久不見。

2

跟老師
一起唸

오래간만이야.
喔 . 雷 . 敢 . 罵 . 你 . 鴨
好久不見。

3

跟韓國人
大聲說

오래간만이야.

Track 03

ㅓ [eo]

喔

ㅓ

eo

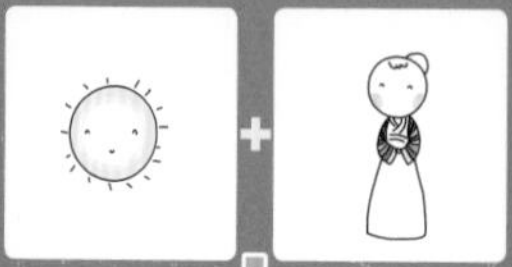

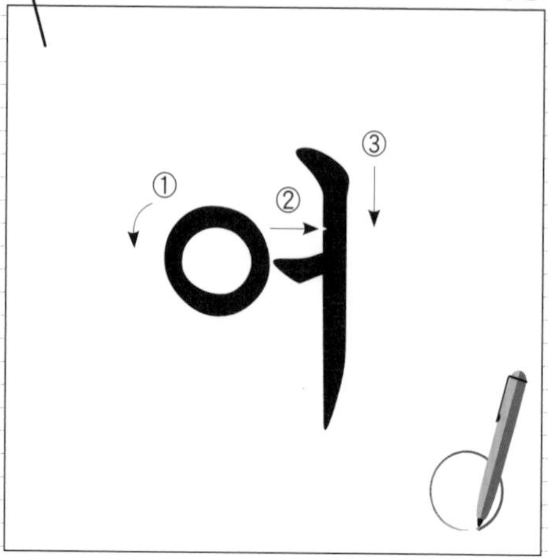

很像注音「ㄛ」。嘴巴放鬆自然張開，比發「ㅏ [a]」要張得小一點，後舌面隆起，嘴唇不是圓形的喔！

「ㅓ」的發音

★ 注意聽標準腔調，老師會唸3次

跟中文的「喔」相似 ▶▶▶ ㅓ [eo] ▶ ㅓ [eo] ▶ ㅓ [eo]

練習寫寫看

어	어	어	어			

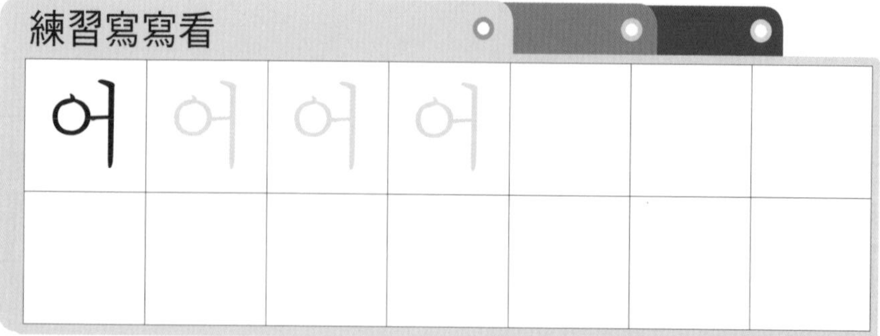

有「ㅓ」的單字

★ 跟著老師慢慢唸

eo . i 어이 哦 . 衣 喂！ （呼叫朋友或比自己小的人用）	i . eo 이어 衣 . 哦 持續

有「ㅓ」的會話

★ 配合朗讀MP3，大聲唸就記得住喔！

1

있어요.
i . sseo . yo

有。

2

있어요.
己 . 搜 . 有

有。

3

있어요.

Track 04

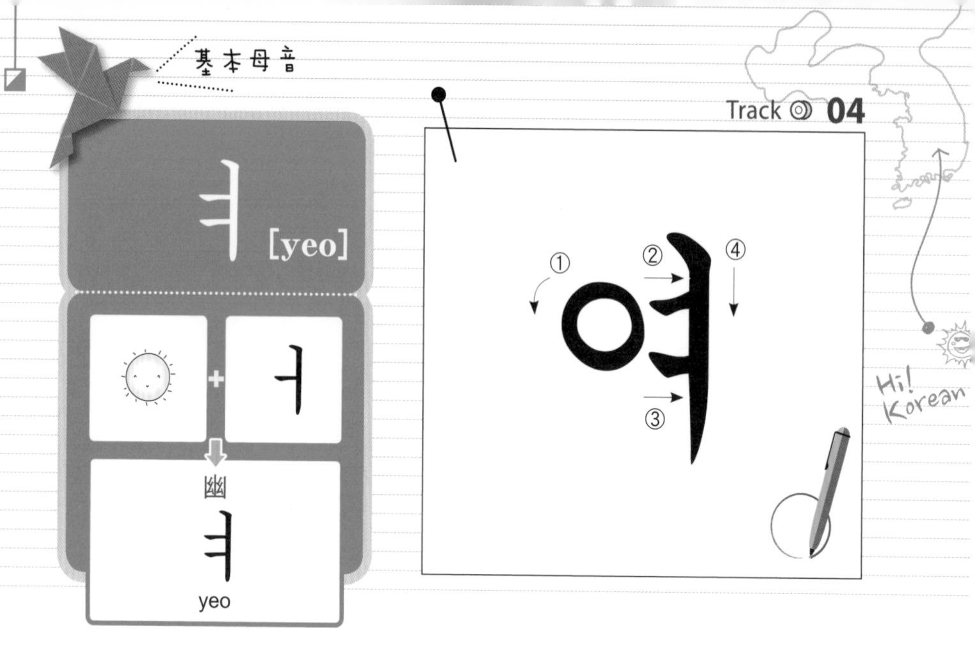

很像注音「ㄧㄛ」。發音的訣竅是，先發「ㅣ [i]」，然後快速滑向「ㅓ [eo]」，就就可以發出「ㅕ」音囉！

「ㅕ」的發音

★ 注意聽標準腔調，老師會唸3次

跟中文的「幽」相似 ▶▶▶ ㅕ [yeo] ▶ ㅕ [yeo] ▶ ㅕ [yeo]

練習寫寫看

여	여	여	여			

有「ㅕ」的單字

★ 跟著老師慢慢唸

yeo . yu
여유
有 . 友
充裕

yeo . ja . a . i
여자아이
有 . 叉 . 阿 . 伊
女兒（女孩子）

有「ㅕ」的會話

★ 配合朗讀MP3，大聲唸就記得住喔！

1

여보세요.
yeo . bo . se . yo
喂～（打電話時）。

2

여보세요.
有 . 普 . 塞 . 油
喂～（打電話時）。

3

여보세요.

Track 05

ㅗ [o]

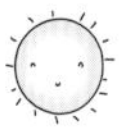

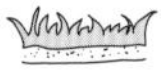

歐

ㅗ

o

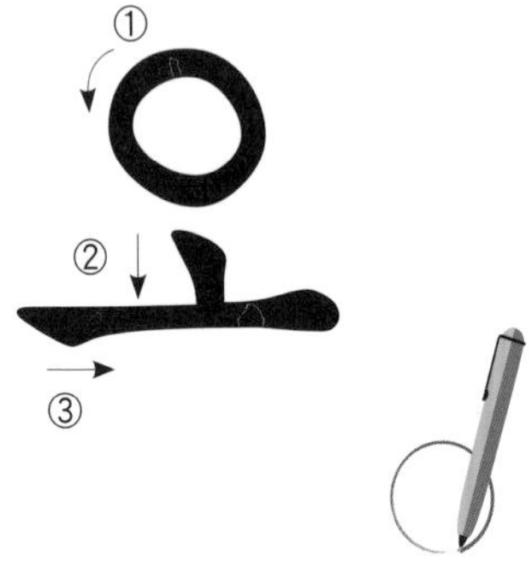

오

① ② ③

很像注音「ㄡ」。嘴巴微張，後舌面隆起，雙唇向前攏成圓形。

「ㅗ」的發音

★ 注意聽標準腔調，老師會唸3次

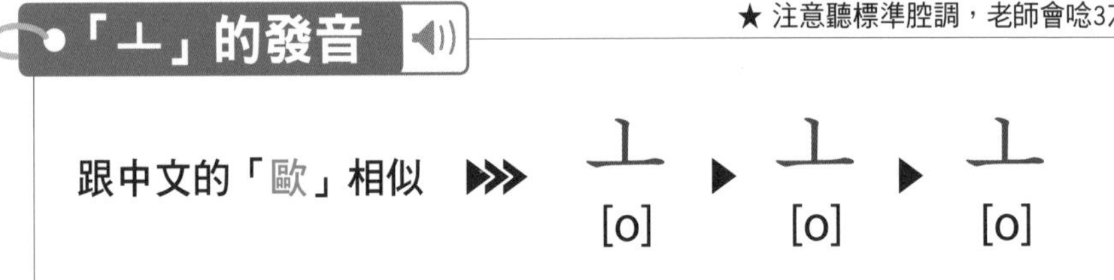

練習寫寫看

오	오	오	오			

有「ㅗ」的單字

★ 跟著老師慢慢唸

o . i	o . neul
오이	오늘
歐 . 衣	歐 . 內
小黃瓜	今天

有「ㅗ」的會話

★ 配合朗讀MP3，大聲唸就記得住喔！

1 

또 오세요.
ddo . o . se . yo

請您再度光臨。

2 

또 오세요.
都 . 歐 . 塞 . 油

請您再度光臨。

3 

또 오세요.

Track 06

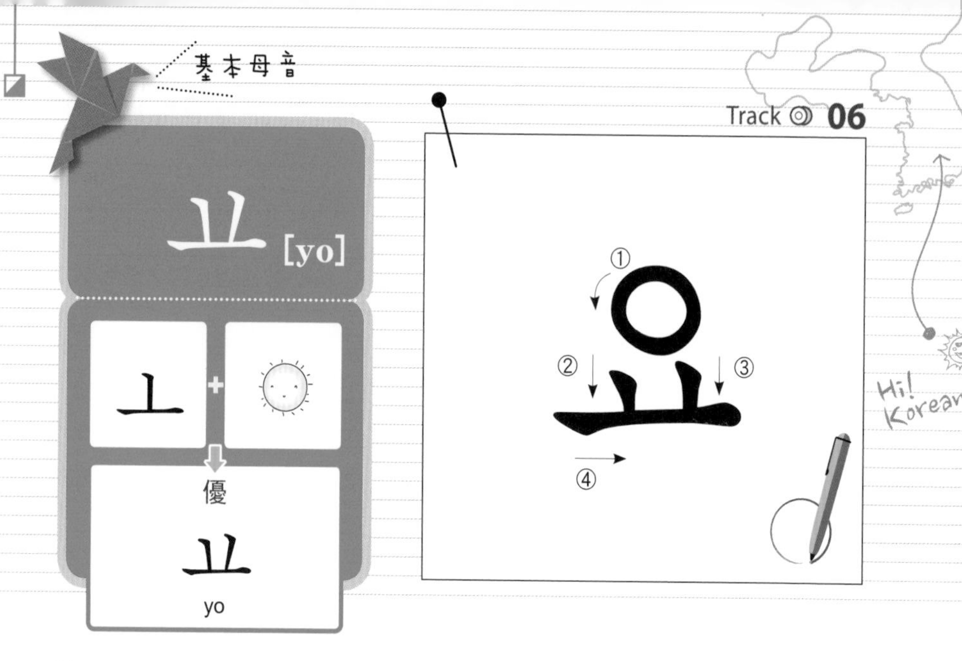

很像注音「ㄧㄡ」。發音訣竅是，先發「ㅣ[i]」，然後快速滑向「ㅗ[o]」，就可以發出「ㅛ」音囉！

「ㅛ」的發音

★ 注意聽標準腔調，老師會唸3次

跟中文的「優」相似 ▶▶▶ ㅛ [yo] ▶ ㅛ [yo] ▶ ㅛ [yo]

練習寫寫看

요	요	요	요			

有「ㅛ」的單字

★ 跟著老師慢慢唸

yo	wo . ryo . il
요	월요일
優	我 . 優 . 憶兒
墊被	星期一

有「ㅛ」的會話

★ 配合朗讀MP3，大聲唸就記得住喔！

1 

알았어(요).
a . ra . seo . (yo)

知道了。

2 

알았어(요).
阿 . 拉 . 受 . (優)

知道了。

3 

알았어(요).

Track 07

ㅜ [u]

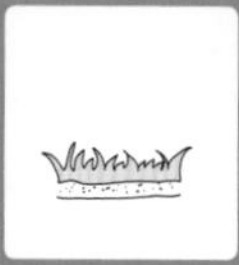

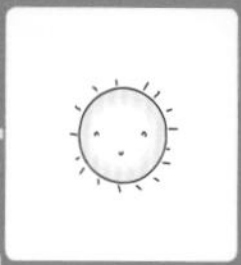

屋

ㅜ

u

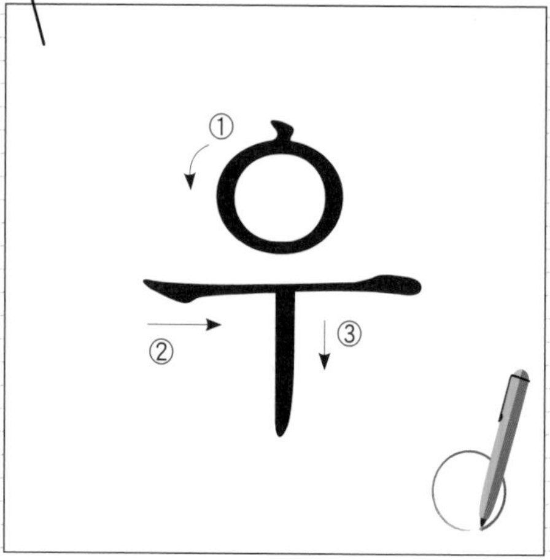

①②③ 우

很像注音「ㄨ」。它的口形比「ㅗ [o]」小些，後舌面隆起，接近軟齶，雙唇向前攏成圓形。

「ㅜ」的發音

★ 注意聽標準腔調，老師會唸3次

練習寫寫看

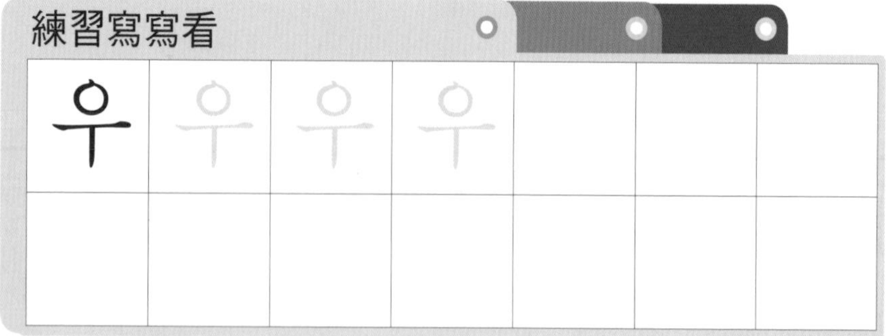

有「ㅜ」的單字

★ 跟著老師慢慢唸

u . yu	u . san
우유	우산
屋．優	屋．傘
牛奶	雨傘

有「ㅜ」的會話

★ 配合朗讀MP3，大聲唸就記得住喔！

1

慢慢唸
不要急

우리 만난 적 있나요.
u.ri.man.nan.cheo.gin.na.yo

我們以前
見過面嗎？

2

跟老師
一起唸

우리 만난 적 있나요.
屋．里．滿．難．秋．引．娜．喲

我們以前
見過面嗎？

3

跟韓國人
大聲說

우리 만난 적 있나요.

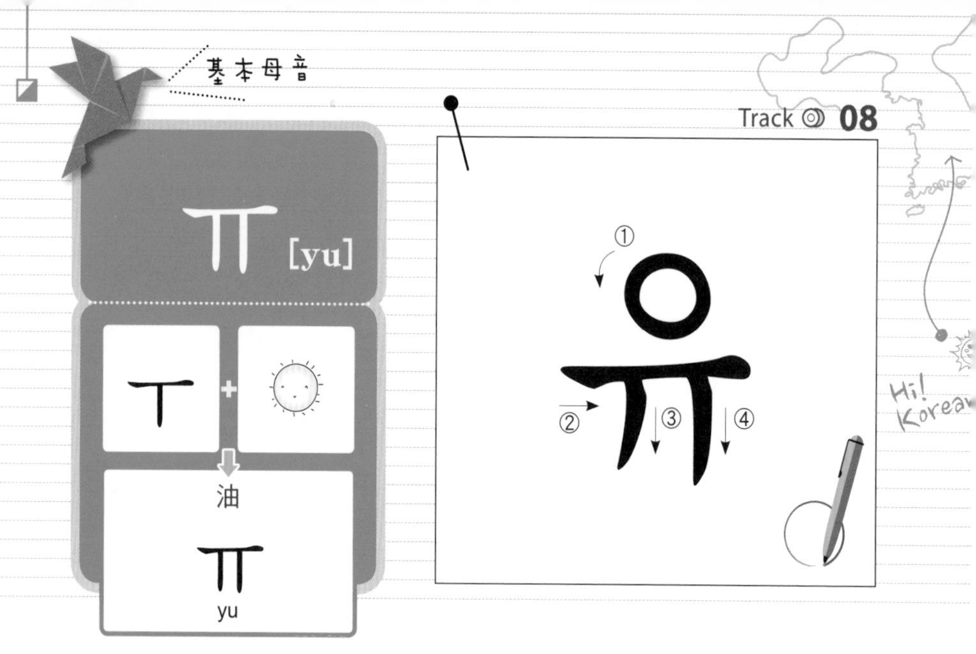

很像注音「ㄧㄨ」。發音訣竅是，先發「ㅣ [i]」， 然後快速滑向「ㅜ [u]」，就成為「ㅠ」音囉！

「ㅠ」的發音

★ 注意聽標準腔調，老師會唸3次

跟中文的「油」相似 ▶▶▶ ㅠ [yu] ▶ ㅠ [yu] ▶ ㅠ [yu]

練習寫寫看

유	유	유	유			

有「ㅠ」的單字

★ 跟著老師慢慢唸

yu . a	yu . ri
유아	유리
油 . 阿	油 . 裡
嬰兒	玻璃

有「ㅠ」的會話

★ 配合朗讀MP3，大聲唸就記得住喔！

1

안됐다(유감).
an . duet . da . (yu . kam)

真是遺憾啊！

2

안됐다(유감).
安 . 堆 . 打 . (油 . 卡母)

真是遺憾啊！

3

안됐다(유감).

ㅡ [eu]

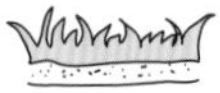

Track 09

惡

ㅡ

eu

①

②

ㅡ

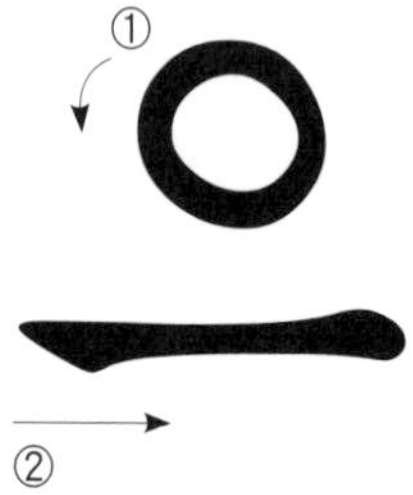

很像注音「ㄜㄨ」。嘴巴微張，左右拉成一字形。舌身有一點向後縮，後舌面稍微向軟齶隆起。

★ 注意聽標準腔調，老師會唸3次

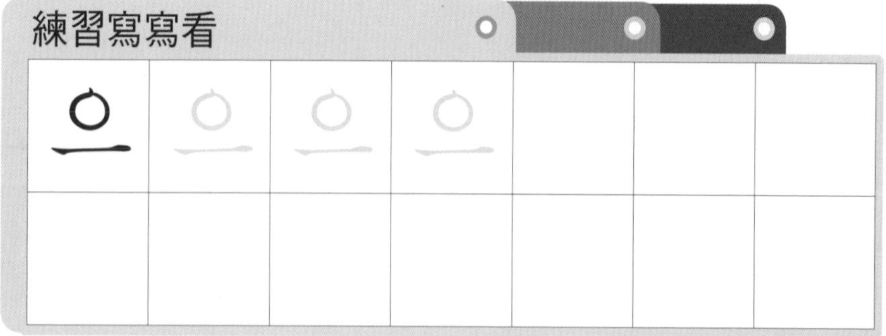

有「ㅡ」的單字

★ 跟著老師慢慢唸

eu.eung

으응

惡．嗯

嗯～（反問或肯定時的表現）

有「ㅡ」的會話

★ 配合朗讀MP3，大聲唸就記得住喔！

1

慢慢唸 不要急

새해 복 많이 받으세요. 新年快樂！

se.he.bok.ma.ni.ba.deu.se.yo

2

跟老師 一起唸

새해 복 많이 받으세요. 新年快樂！

賽．黑．伯．罵．你．爬得．惡．塞．優

3

跟韓國人 大聲說

새해 복 많이 받으세요.

Track 10

ㅣ [i]

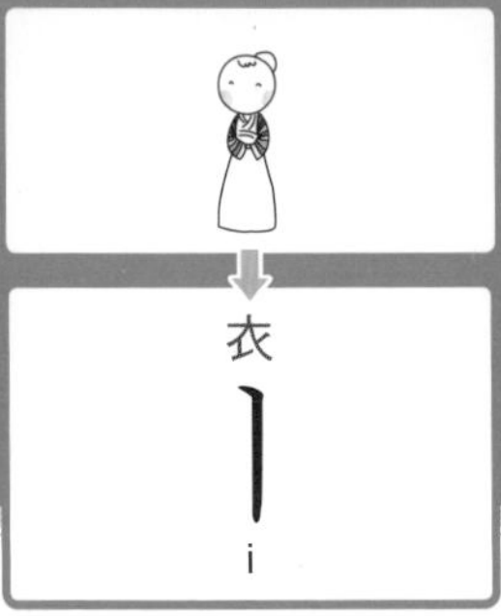

衣

ㅣ

i

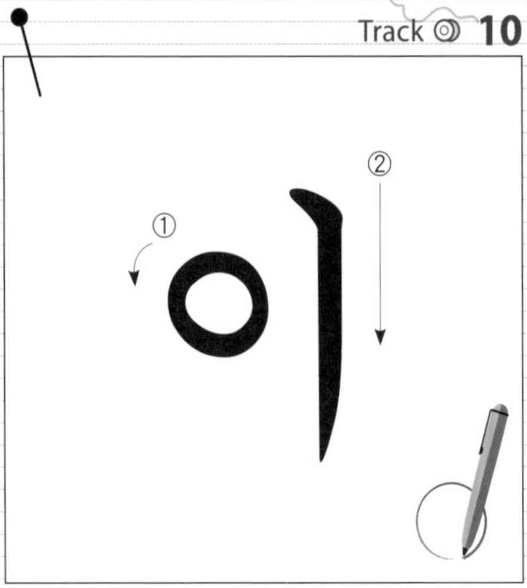

① ②

이

很像注音「一」。嘴巴微張，左右拉開一些，舌尖碰到下齒齦，舌面隆起靠近硬齶。

練習寫寫看

이	이	이	이			

有「ㅣ」的單字

★ 跟著老師慢慢唸

i . yu	si . pi
이유	십이
衣 . 由	細 . 比
理由	十二

有「ㅣ」的會話

★ 配合朗讀MP3，大聲唸就記得住喔！

1

慢慢唸
不要急

아이고.
a . i . go

我的天啊！

2

跟老師
一起唸

아이고.
阿 . 衣 . 姑

我的天啊！

3

跟韓國人
大聲說

아이고.

問題練習 1
Practice

❶ 寫寫看

아우	아	우									
아이	아	이									
아야	아	야									
어이	어	이									

❷ 翻譯練習（中文翻成韓文）

1. 理由 ______________　3. 嬰兒 ______________

2. 牛奶 ______________　4. 玻璃 ______________

❸ 跟著老師念念看

Track 11

老師唸一次	大聲跟著唸	老師唸一次	大聲跟著唸
1. 아우 ➡	아우	3. 우유 ➡	우유
2. 아이 ➡	아이	4. 으응 ➡	으응

❹ 聽寫練習

Track 11

1. ______________　5. ______________

2. ______________　6. ______________

3. ______________　7. ______________

4. ______________　8. ______________

Chapter 2

子音之1- 平音

memo

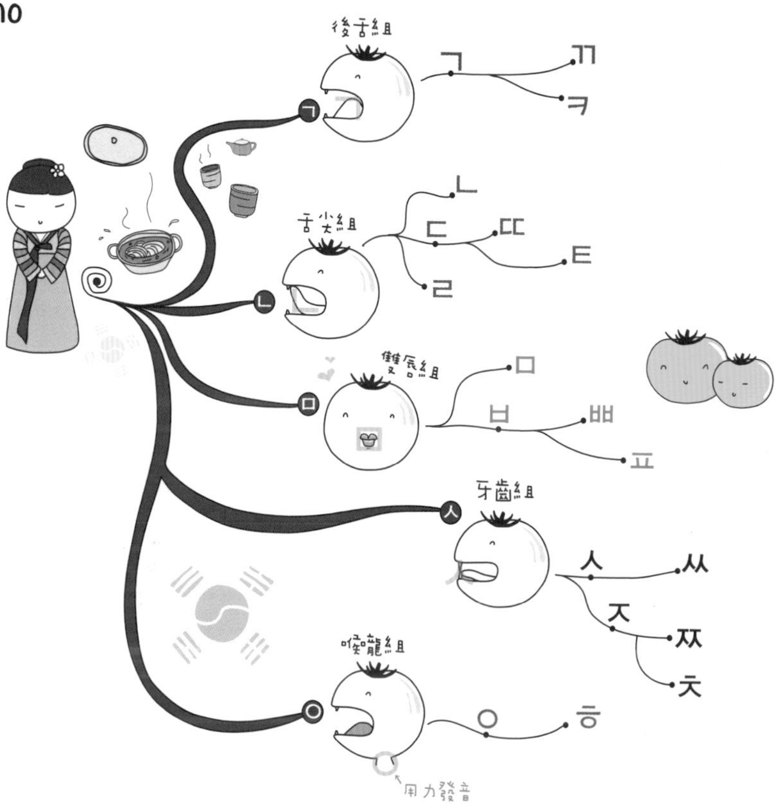

後舌組
ㄱ ㄲ ㅋ

舌尖組
ㄴ ㄷ ㄸ ㅌ ㄹ

雙唇組
ㅁ ㅂ ㅃ ㅍ

牙齒組
ㅅ ㅆ ㅈ ㅉ ㅊ

喉嚨組
ㅇ ㅎ
用力發音

Track ◎ 12

ㄱ [k/g]

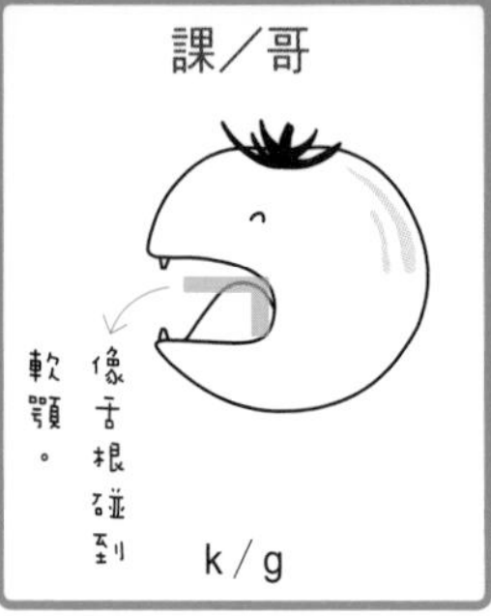

課／哥

像舌根碰到軟顎。

k／g

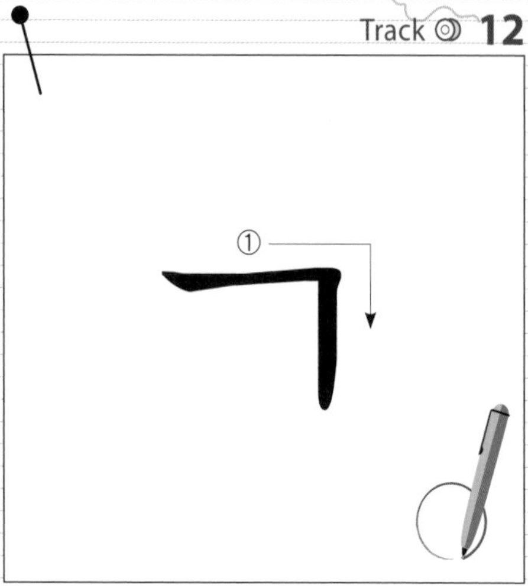

ㄱ

①

很像注音「ㄎ／ㄍ」。將後舌面隆起，讓舌根碰到軟顎，把氣流檔起來，然後很快放開，讓氣流衝出來發音。在字首發「k」，其它發「g」。

練習寫寫看

가	가	가	가			
거	거	거	거			

有「ㄱ」的單字

★ 跟著老師慢慢唸

ka . gu	keo . gi
가구	거기
卡 . 姑	科 . 給
家具	那裡

有「ㄱ」的會話

★ 配合朗讀MP3，大聲唸就記得住喔！

1 

慢慢唸
不要急

가자.
ka . ja

快走吧！
（一同走）

2 

跟老師
一起唸

가자.
卡 . 家

快走吧！
（一同走）

3 

跟韓國人
大聲說

가자.

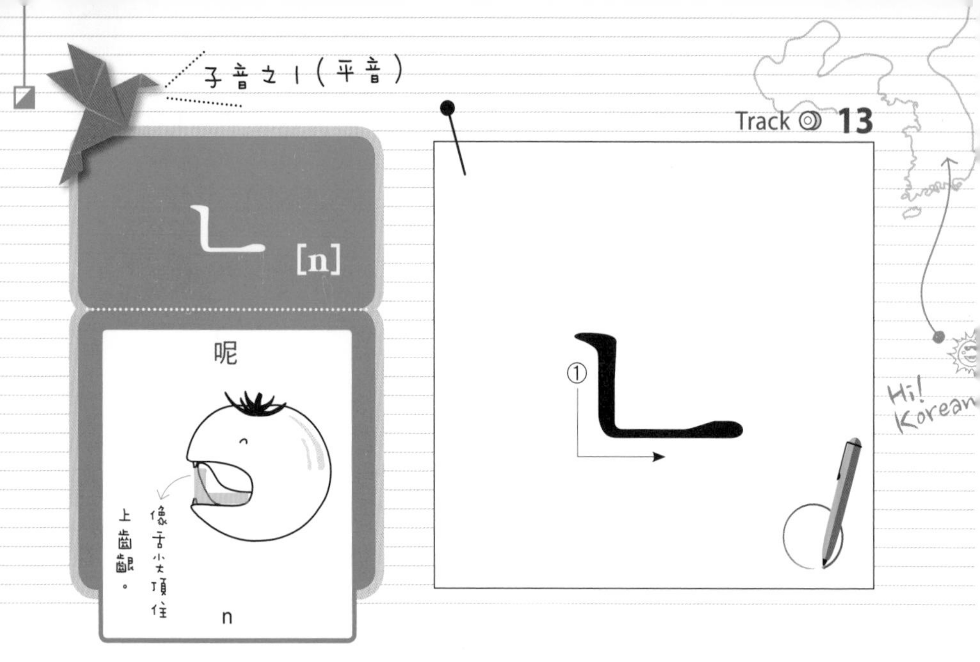

很像注音「ㄋ」。舌尖先頂住上齒齦，把氣流擋住，讓氣流從鼻腔跑出來，同時舌尖離開上齒齦，要振動聲帶喔！

「ㄴ」的發音

★ 注意聽標準腔調，老師會唸3次

跟中文的「呢」相似 ▶▶▶ ㄴ [n] ▶ ㄴ [n] ▶ ㄴ [n]

練習寫寫看

나	나	나	나			
너	너	너	너			

有「ㄴ」的單字

★ 跟著老師慢慢唸

nu . gu 누구 努 . 姑 誰	na . i 나이 娜 . 衣 歲（歲數或年紀）

有「ㄴ」的會話

★ 配合朗讀MP3，大聲唸就記得住喔！

1 慢慢唸不要急

하나 둘 셋.
ha . na . tur . set

1 2 3開始！（或拉、推等）

2 

跟老師一起唸

하나 둘 셋.
哈 . 娜. 兔耳 . 誰的

1 2 3開始！（或拉、推等）

3 

跟韓國人大聲說

하나 둘 셋.

Track 14

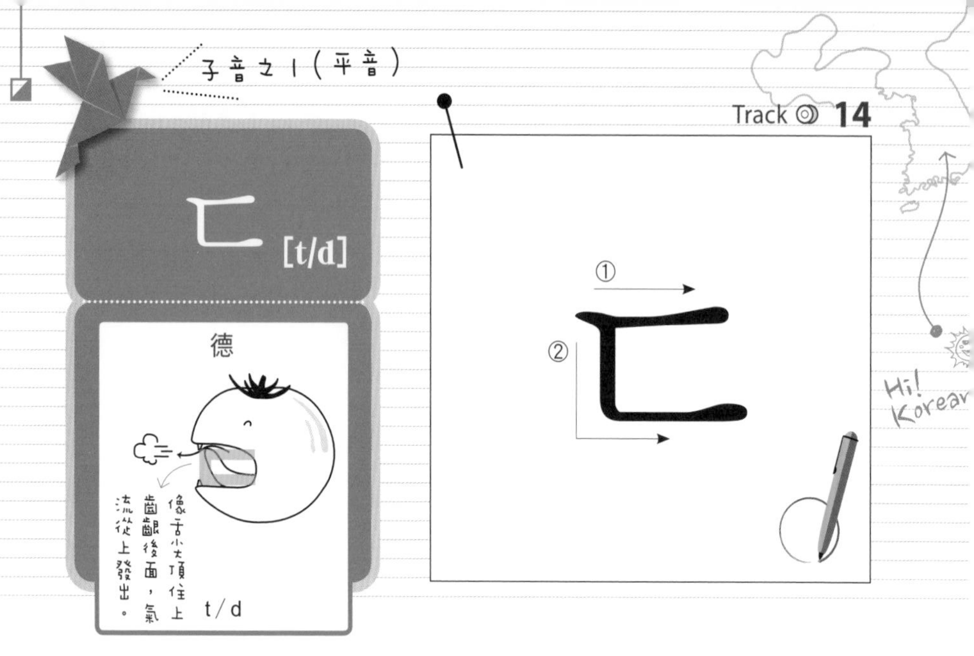

很像注音「ㄊ／ㄉ」。把舌尖放在上齒齦後面，把氣流擋住，然後再慢慢地把舌頭縮回，讓氣流往外送出，並發出聲音。在字首發「t」，其它發「d」。

「ㄷ」的發音

★ 注意聽標準腔調，老師會唸3次

跟中文的「德」相似 ⋙ ㄷ [d] ▶ ㄷ [d] ▶ ㄷ [d]

練習寫寫看

다	다	다	다			
더	더	더	더			

有「ㄷ」的單字

★ 跟著老師慢慢唸

eo . di 어디 喔 . 低 哪裡	ku . du 구두 苦 . 讀 鞋子

有「ㄷ」的會話

★ 配合朗讀MP3，大聲唸就記得住喔！

1 

慢慢唸 不要急

맛있다.
ma . sit . da

好吃！

2 

跟老師 一起唸

맛있다.
馬 . 西 . 打

好吃！

3 

跟韓國人 大聲說

맛있다.

Track 15

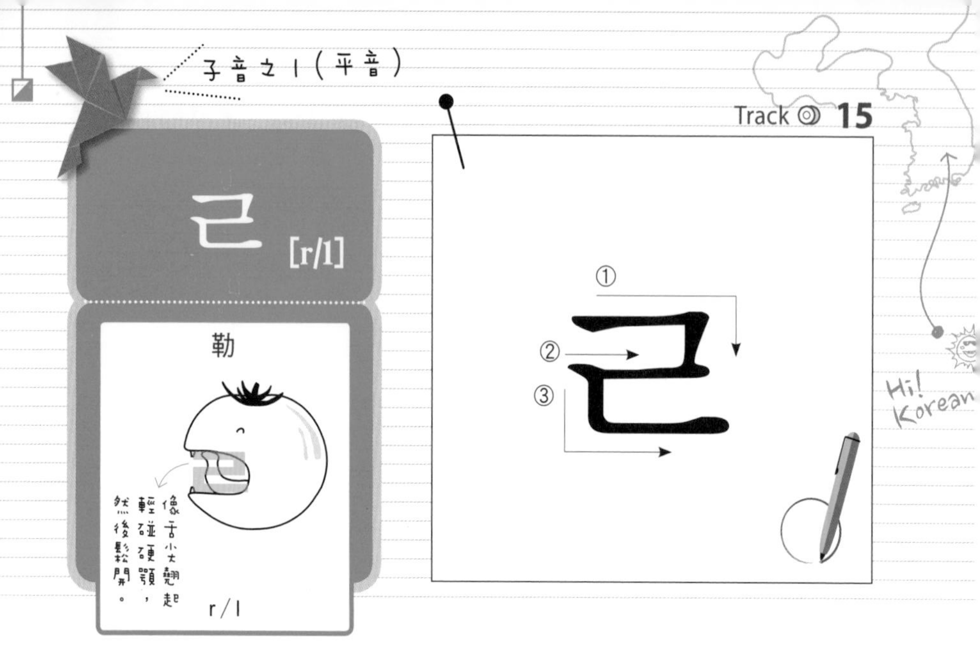

很像注音「ㄦ／ㄌ」。舌尖翹起來輕輕碰硬顎，然後鬆開，使氣流通過口腔發聲。氣流通過舌尖時，舌尖要輕輕彈一下。在母音前標示「r」，收尾音標示「l」。

「ㄹ」的發音

★ 注意聽標準腔調，老師會唸3次

跟中文的「勒」相似 ⋙ ㄹ [l] ▶ ㄹ [l] ▶ ㄹ [l]

練習寫寫看

라	라	라	라			
러	러	러	러			

有「ㄹ」的單字

★ 跟著老師慢慢唸

na . ra	u . ri
나라	우리
娜．拉	屋．李
國家	我們

有「ㄹ」的會話

★ 配合朗讀MP3，大聲唸就記得住喔！

慢慢唸
不要急

한국말을 몰라요.
han . kuk . ma . lul . mo . la . yo

我不會說韓語。

2

跟老師
一起唸

한국말을 몰라요.
憨．哭．罵．了．莫．拉．油

我不會說韓語。

3

跟韓國人
大聲說

한국말을 몰라요.

Track ◎ 16

ㅁ [m]

母

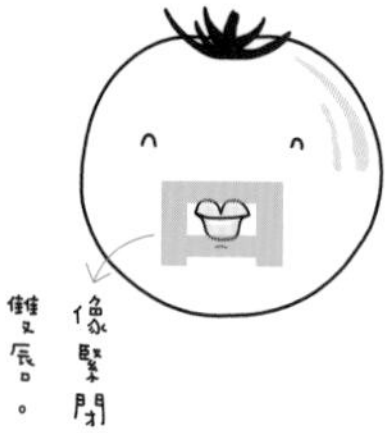

像緊閉雙唇。

m

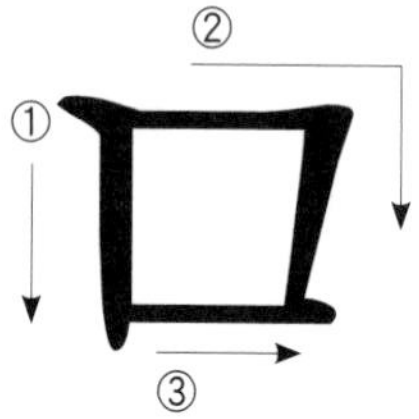

很像注音「ㄇ」。緊緊地閉住雙唇，把氣流擋住，讓氣流從鼻腔中跑出來，同時雙唇張開，振動聲帶發聲。

「ㅁ」的發音

★ 注意聽標準腔調，老師會唸3次

練習寫寫看

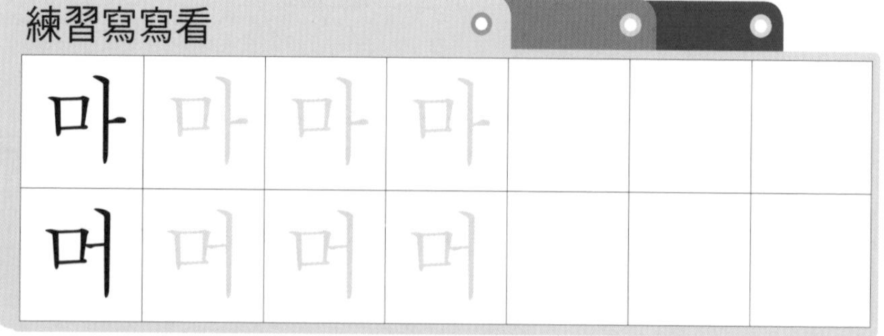

有「ㅁ」的單字

★ 跟著老師慢慢唸

meo . ri	mo . gi
머리	모기
末 . 李	某 . 給
頭	蚊子

有「ㅁ」的會話

★ 配合朗讀MP3，大聲唸就記得住喔！

1 慢慢唸 不要急

장난치지마!
chang . nan . chi . ji . ma

不要鬧了！

2 跟老師 一起唸

장난치지마!
張 . 難 . 氣 . 奇 . 馬

不要鬧了！

3 
跟韓國人 大聲說

장난치지 마!

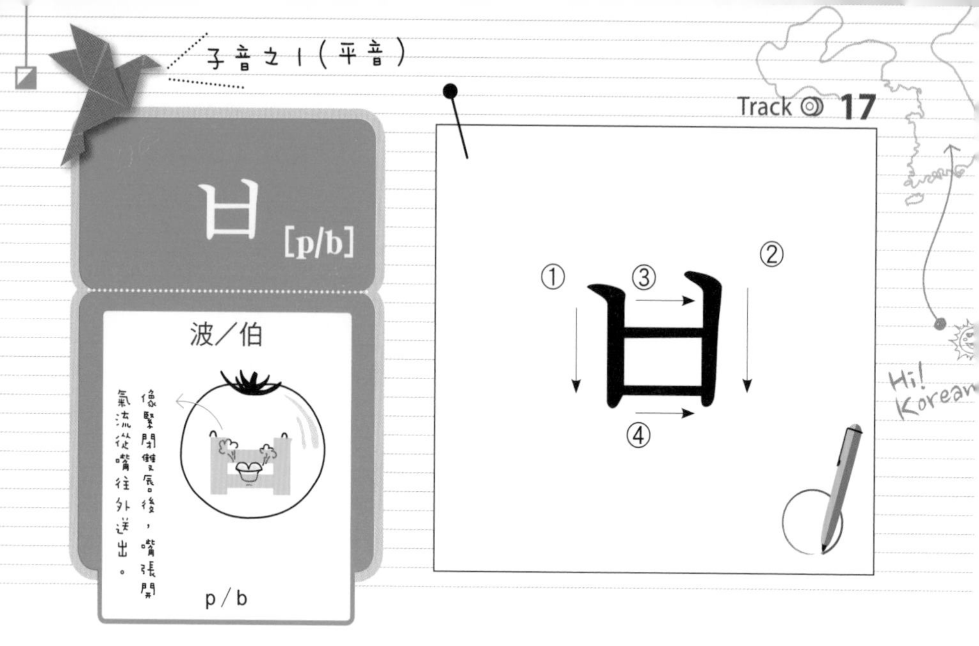

很像注音「ㄆ／ㄅ」。閉緊雙唇，把氣流擋住，然後在張開嘴巴的同時，把嘴巴裡面的氣流往外送出，並發出聲音。在字首發「p」，其它發「b」。

「ㅂ」的發音

★ 注意聽標準腔調，老師會唸3次

跟中文的「波／伯」相似 ▶▶▶ ㅂ [b] ▶ ㅂ [b] ▶ ㅂ [b]

練習寫寫看

바	바	바	바			
버	버	버	버			

有「ㅂ」的單字

★ 跟著老師慢慢唸

pa . bo 바보 爬 . 普 傻瓜、笨蛋	pi 비 皮 雨

有「ㅂ」的會話

★ 配合朗讀MP3，大聲唸就記得住喔！

1 
慢慢唸
不要急

바보같애.
pa . bo . ka . te

真蠢呀！

2 
跟老師
一起唸

바보같애.
爬 . 普 . 咖 . 特

真蠢呀！

3 
跟韓國人
大聲說

바보같애.

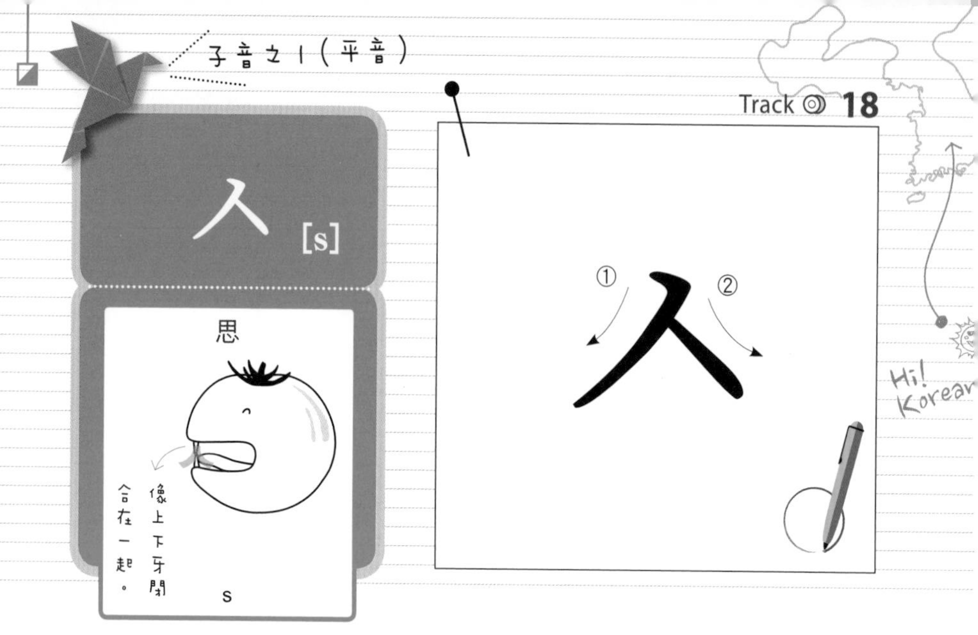

很像注音「ㄙ」。舌尖抵住下齒背，前舌面接近硬齶，使氣流從前舌面跟硬齶中間的隙縫摩擦而出。

「ㅅ」的發音

★ 注意聽標準腔調，老師會唸3次

跟中文的「思」相似 ▶▶▶ ㅅ [s] ▶ ㅅ [s] ▶ ㅅ [s]

練習寫寫看

사	사	사	사			
서	서	서	서			

有「ㅅ」的單字

★ 跟著老師慢慢唸

to . si
도시
土 . 細
都市

pi . seo
비서
皮 . 瘦
秘書

有「ㅅ」的會話

★ 配合朗讀MP3，大聲唸就記得住喔！

1

사랑해요.
sa . rang . he . yo
我愛你！

2

사랑해요.
莎 . 郎 . 黑 . 油
我愛你！

3

사랑해요.

Track 19

ㅇ [o/ng]

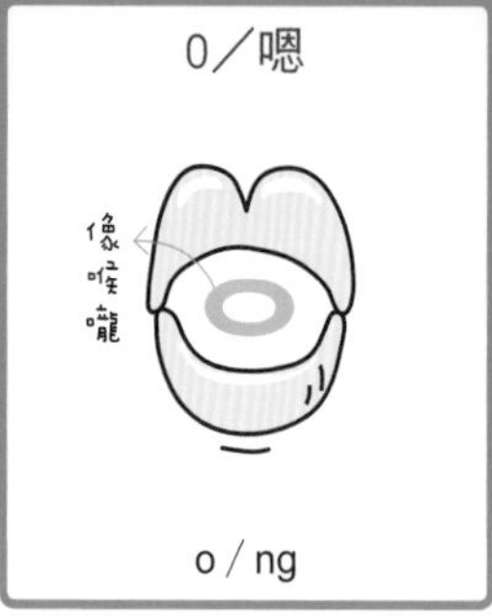

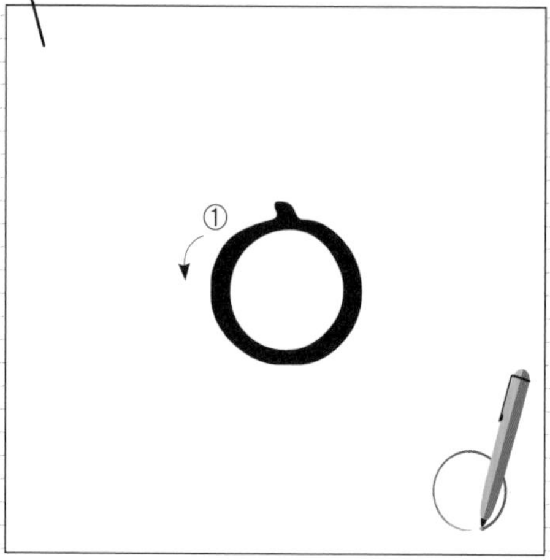

0／嗯

o / ng

ㅇ

①

「ㅇ」很特別，在母音前面、首音位置時是不發音的，它只是為了讓字形看起來整齊美觀，拿來裝飾用的。只有在母音後面，作為韻尾的時候才發音為[ng]。

「ㅇ」的發音

★ 注意聽標準腔調，老師會唸3次

跟中文的「0／嗯」相似 ▶▶▶ ㅇ [ng] ▶ ㅇ [ng] ▶ ㅇ [ng]

練習寫寫看

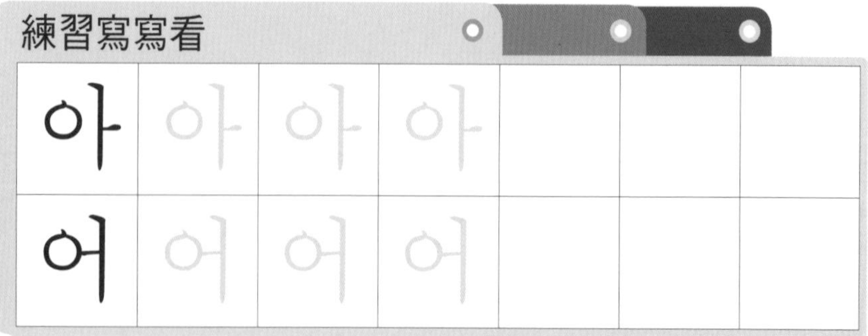

有「ㅇ」的單字

★ 跟著老師慢慢唸

yeo . gi 여기 有 . 給 這裡	a . gi 아기 阿 . 給 嬰孩

有「ㅇ」的會話

★ 配合朗讀MP3，大聲唸就記得住喔！

1 慢慢唸 不要急

잘 지내세요?
char . chi . ne . se . yo

你好嗎？

2 跟老師一起唸

잘 지내세요?
茶 . 奇 . 內 . 誰 . 喲

你好嗎？

3 跟韓國人大聲說

잘 지내세요?

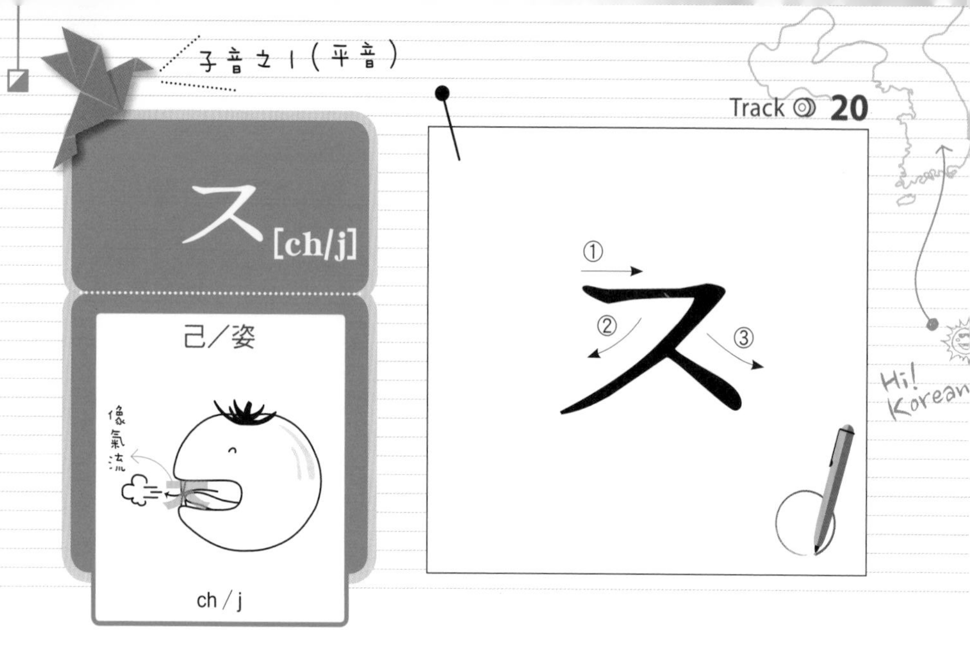

很像注音「ㄘ／ㄗ」。舌尖抵住下齒齦，前舌面向上接觸硬齶，把氣流擋住，在鬆開的瞬間後舌面向上隆起，使氣流從中間的隙縫摩擦而出。在字首發「ch」，其它發「j」。

「ㅈ」的發音

★ 注意聽標準腔調，老師會唸3次

跟中文的「己／姿」相似 ▶▶▶ ㅈ [j] ▶ ㅈ [j] ▶ ㅈ [j]

練習寫寫看

자	자	자	자			
저	저	저	저			

有「ㅈ」的單字

★ 跟著老師慢慢唸

chu . so
주소
阻 . 嫂
地址

chi . gu
지구
奇 . 姑
地球

有「ㅈ」的會話

★ 配合朗讀MP3，大聲唸就記得住喔！

1

慢慢唸
不要急

또 만나자.
tto . man . na . cha
下次再見！

2

跟老師
一起唸

또 만나자.
都 . 滿 . 娜 . 恰
下次再見！

3

跟韓國人
大聲說

또 만나자.

Track 21

ㅎ [h]

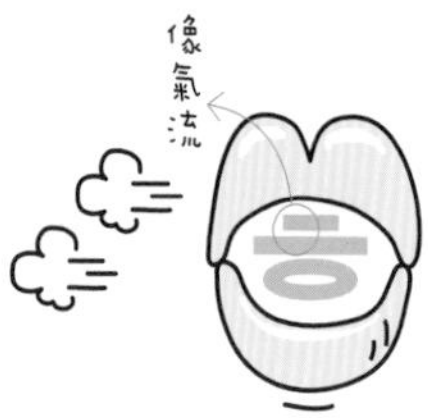

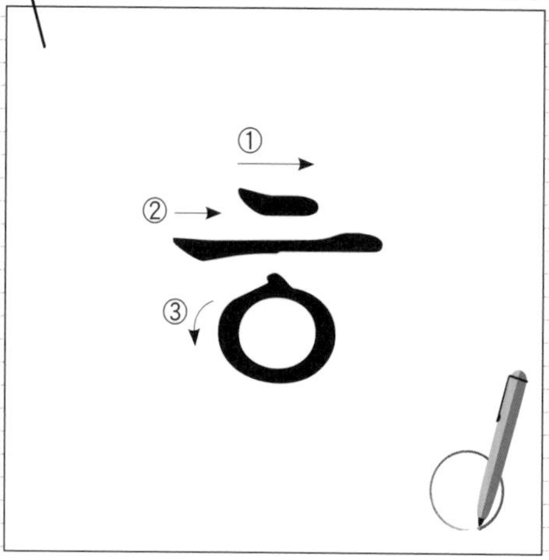

喝

像氣流

h

① ② ③

很像注音「ㄏ」。使氣流從聲門摩擦而出來發音。要用力把氣送出。

「ㅎ」的發音

★ 注意聽標準腔調，老師會唸3次

跟中文的「喝」相似 ▶▶▶ ㅎ [h] ▶ ㅎ [h] ▶ ㅎ [h]

練習寫寫看

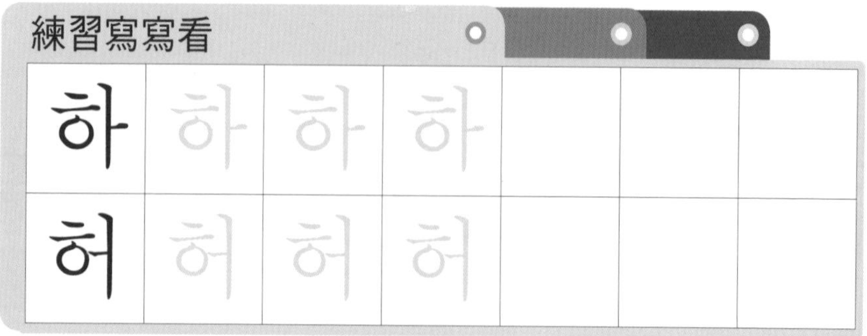

하	하	하	하			
허	허	허	허			

有「ㅎ」的單字

★ 跟著老師慢慢唸

hyu . ji
휴지
休 . 幾
面紙、衛生紙

hyeo
혀
喝有
舌頭

有「ㅎ」的會話

★ 配合朗讀MP3，大聲唸就記得住喔！

1

하지마(요).
ha . ji . ma . (yo)

住手；
不要（啦）！

2

하지마(요).
哈 . 幾 . 馬 . (油)

住手；
不要（啦）！

3

하지마(요).

問題練習 2
Practice

❶ 寫寫看

가구	가	구								
나라	나	라								
모기	모	기								
구두	구	두								

❷ 翻譯練習（中文翻成韓文）

1. 傻瓜、笨蛋 ________
2. 都市 ________
3. 秘書 ________
4. 誰 ________

❸ 跟著老師念念看

Track 22

老師唸一次	大聲跟著唸	老師唸一次	大聲跟著唸
1. 주소 ➡	주소	3. 휴지 ➡	휴지
2. 지구 ➡	지구	4 .혀 ➡	혀

❹ 聽寫練習

Track 22

1. ________
2. ________
3. ________
4. ________
5. ________
6. ________
7. ________
8. ________

Chapter 3

子音之 2- 送氣音

memo

先安排讀書計劃學得更快喔！

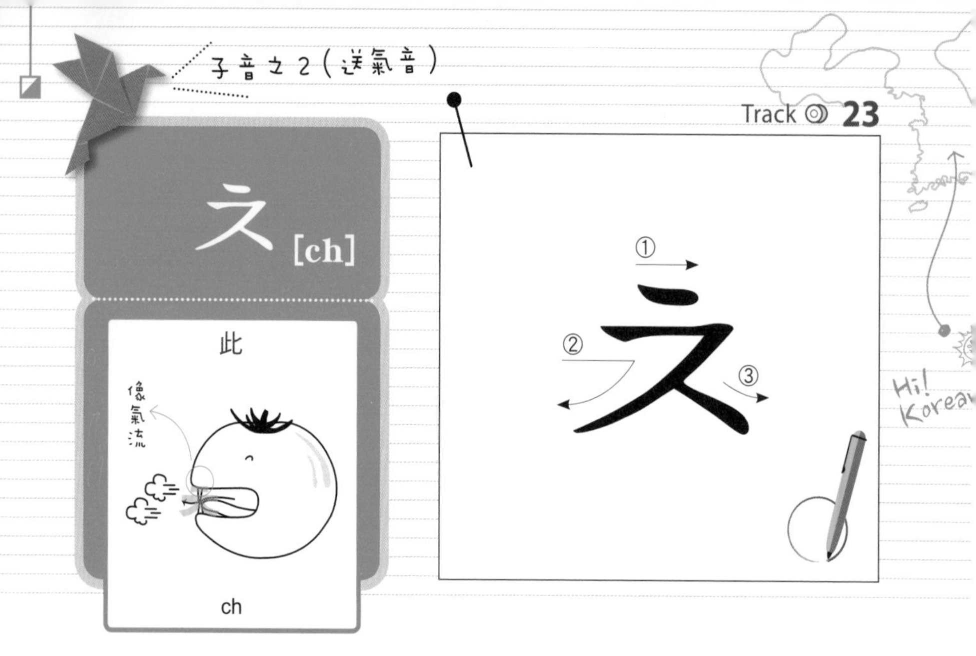

很像注音「ㄘ／ㄑ」。發音方法跟「ㅈ」一樣，只是發「ㅊ」時要加強送氣。

「ㅊ」的發音

★ 注意聽標準腔調，老師會唸3次

跟中文的「此」相似 ▶▶▶ ㅊ [ch] ▶ ㅊ [ch] ▶ ㅊ [ch]

練習寫寫看

차	차	차	차			
초	초	초	초			

有「ㅊ」的單字

★ 跟著老師慢慢唸

cha	ko . chu
차	고추
擦	姑 . 醋
茶、車子	辣椒

有「ㅊ」的會話

★ 配合朗讀MP3，大聲唸就記得住喔！

1

아차!
a . cha

啊呀！

2

아차!
阿 . 擦

啊呀！

3

아차.

Track 24

ㅋ [k]

棵

像氣流

k

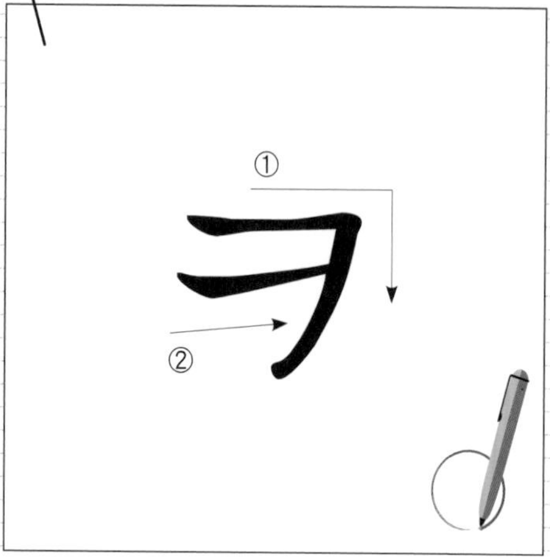

①
②

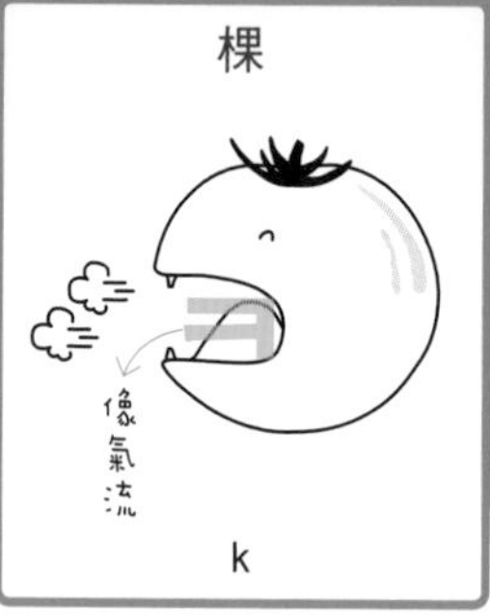

很像注音「ㄎ」。發音方法跟「ㄱ」一樣，只是發「ㅋ」時要加強送氣。

練習寫寫看

카	카	카	카			
코	코	코	코			

有「ㅋ」的單字

★ 跟著老師慢慢唸

ku . ki	ka . deu
쿠키	카드
酷 . 渴意	卡 . 的
餅乾	卡片

有「ㅋ」的會話

★ 配合朗讀MP3，大聲唸就記得住喔！

1 

티머니카드 좀 주세요.
ti.meo.ni.ka.deu.jom.ju.se.yo

請給我一個T-money交通卡。

2 跟老師一起唸

티머니카드 좀 주세요.
提.末.妮.卡.都.從.阻.雖.喲

請給我一個T-money交通卡。

3 

티머니카드 좀 주세요.

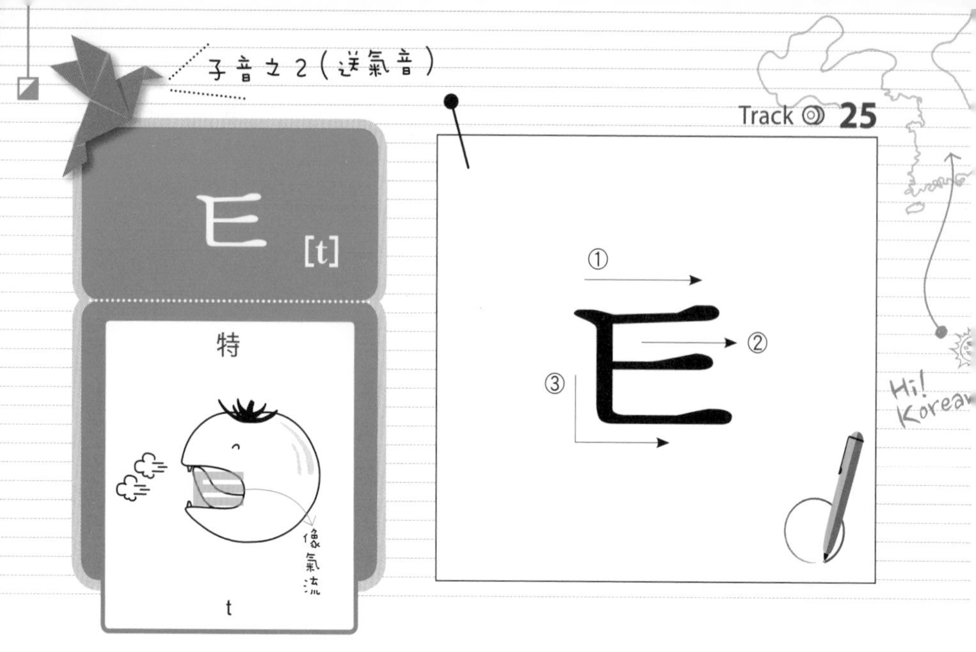

很像注音「ㄊ」。發音方法跟「ㄷ」一樣，只是發「ㅌ」時要加強送氣。

「ㅌ」的發音

★ 注意聽標準腔調，老師會唸3次

跟中文的「特」相似 ▶▶▶ ㅌ [t] ▶ ㅌ [t] ▶ ㅌ [t]

練習寫寫看

타	타	타	타			
토	토	토	토			

有「ㅌ」的單字

★ 跟著老師慢慢唸

ti . syeo . cheu 티셔츠 提 . 秀 . 恥 T恤	ko . teu 코트 扣 . 特 大衣

有「ㅌ」的會話

★ 配合朗讀MP3，大聲唸就記得住喔！

1 慢慢唸 不要急

스타일이 좋다.
seu .ta . i . ri . chot .ta
很有型！

2 跟老師一起唸

스타일이 좋다.
司 . 她 . 憶 . 立 . 糗 . 他
很有型！

3

跟韓國人大聲說

스타일이 좋다.

子音之2（送氣音）

Track 26

ㅍ [p]

坡

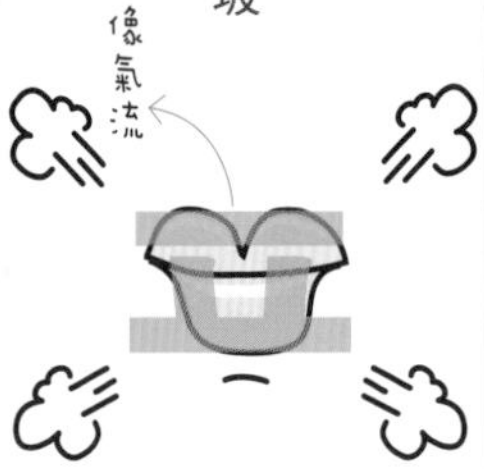

像氣流

p

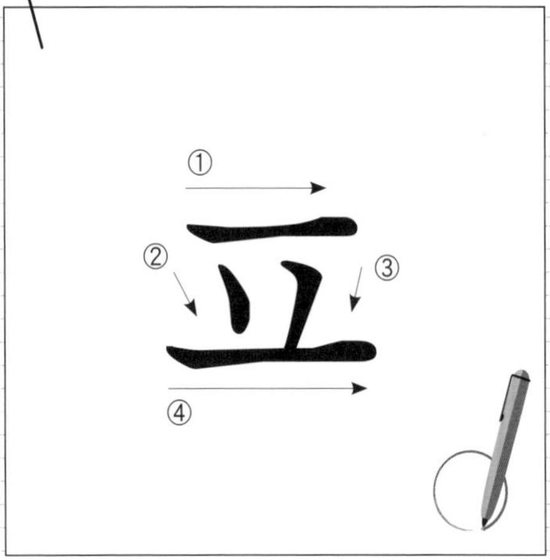

①②③④

很像注音「ㄆ」。發音方法跟「ㅂ」一樣，只是發「ㅍ」時要加強送氣。

★ 注意聽標準腔調，老師會唸3次

「ㅍ」的發音

跟中文的「坡」相似 ⋙ ㅍ [p] ▶ ㅍ [p] ▶ ㅍ [p]

練習寫寫看

파	파	파	파			
포	포	포	포			

有「ㅍ」的單字

★ 跟著老師慢慢唸

keo . pi	u . pyo
커피	우표
口 . 匹	屋 . 票
咖啡	郵票

有「ㅍ」的會話

★ 配合朗讀MP3，大聲唸就記得住喔！

1

慢慢唸
不要急

배고파.
bae . go . pa
肚子餓了！

2

跟老師
一起唸

배고파.
配 . 勾 . 怕
肚子餓了！

3

跟韓國人
大聲說

배고파.

問題練習 3
Practice

❶ 寫寫看

쿠키	쿠	키								
코트	코	트								
고추	고	추								
커피	커	피								

❷ 翻譯練習（中文翻成韓文）

1. 茶、車子 ______________
2. 餅乾 ______________
3. 卡片 ______________
4. T恤 ______________

❸ 跟著老師念念看

Track 27

老師唸一次		大聲跟著唸
1. 코트	➡	코트
2. 커피	➡	커피
3. 고추	➡	고추
4. 우표	➡	우표

❹ 聽寫練習

Track 27

1. ______________
2. ______________
3. ______________
4. ______________
5. ______________
6. ______________
7. ______________
8. ______________

Chapter 4

子音之3-硬音（緊音）

memo

先安排讀書計劃學得更快喔！

子音之3（硬音）

Track ◎ 28

ㄲ [kk]

哥

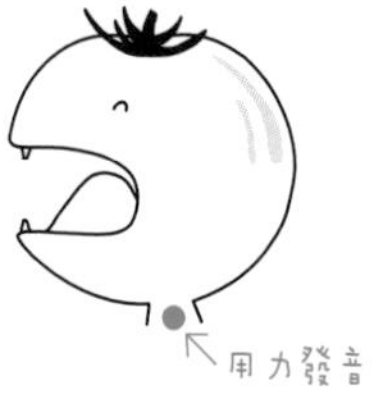

kk

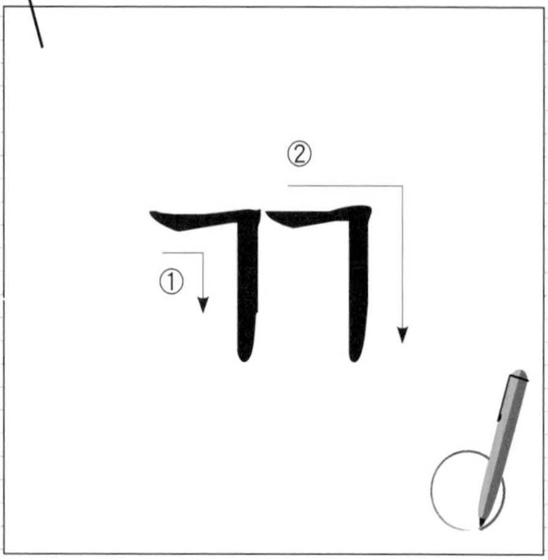

很像用力唸注音「ㄍㄟ」。與「ㄱ」的發音基本相同，只是要用力唸。發音時必須使發音器官先緊張起來，讓氣流在喉腔受阻，然後衝破聲門，發生擠喉現象。

「ㄲ」的發音

★ 注意聽標準腔調，老師會唸3次

跟中文的「哥」相似 ▶▶▶ ㄲ [kk] ▶ ㄲ [kk] ▶ ㄲ [kk]

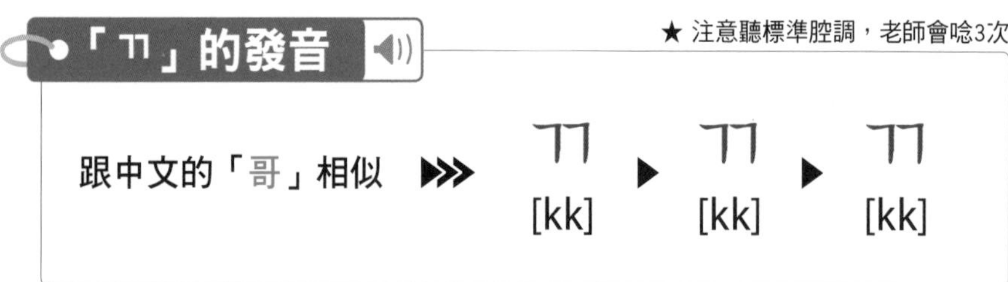

練習寫寫看

까	까	까	까			
꼬	꼬	꼬	꼬			

有「ㄲ」的單字

★ 跟著老師慢慢唸

kko . ma	a . kka
꼬마	아까
姑 . 馬	阿 . 嘎
小不點	剛才

有「ㄲ」的會話

★ 配合朗讀MP3，大聲唸就記得住喔！

1

慢慢唸
不要急

바쁘십니까?
ba . bbeu . sim . ni . kka

忙嗎？

2

跟老師
一起唸

바쁘십니까?
爬 . 不 . 新 . 你 . 嘎

忙嗎？

3

跟韓國人
大聲說

바쁘십니까?

Track 29

ㄸ [tt]

德

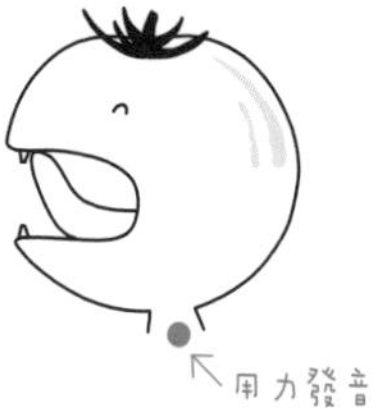

用力發音

tt

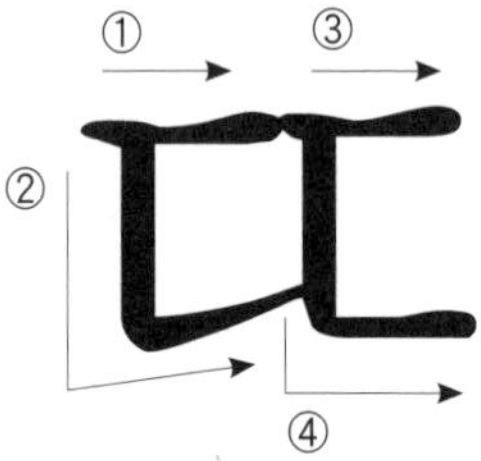

①②③④

很像用力唸注音「ㄉㄟ」。與「ㄷ」基本相同，只是要用力唸。發音時必須使發音器官先緊張起來，讓氣流在喉腔受阻，然後衝破聲門，發生擠喉現象。

「ㄸ」的發音

★ 注意聽標準腔調，老師會唸3次

練習寫寫看

따	따	따	따			
또	또	또	또			

有「ㄸ」的單字

★ 跟著老師慢慢唸

tto	tteo . na . da
또	떠나다
豆	都 . 娜 . 打
那麼，又	離開

有「ㄸ」的會話

★ 配合朗讀MP3，大聲唸就記得住喔！

1 慢慢唸不要急

떠들지 말아요!
tteo . deur . ji . ma . ra . yo

別吵了！

2 跟老師一起唸

떠들지 말아요!
搭 . 的 . 雞 . 罵 . 拉 . 喲

別吵了！

3 
跟韓國人大聲說

떠들지 말아요!

Track 30

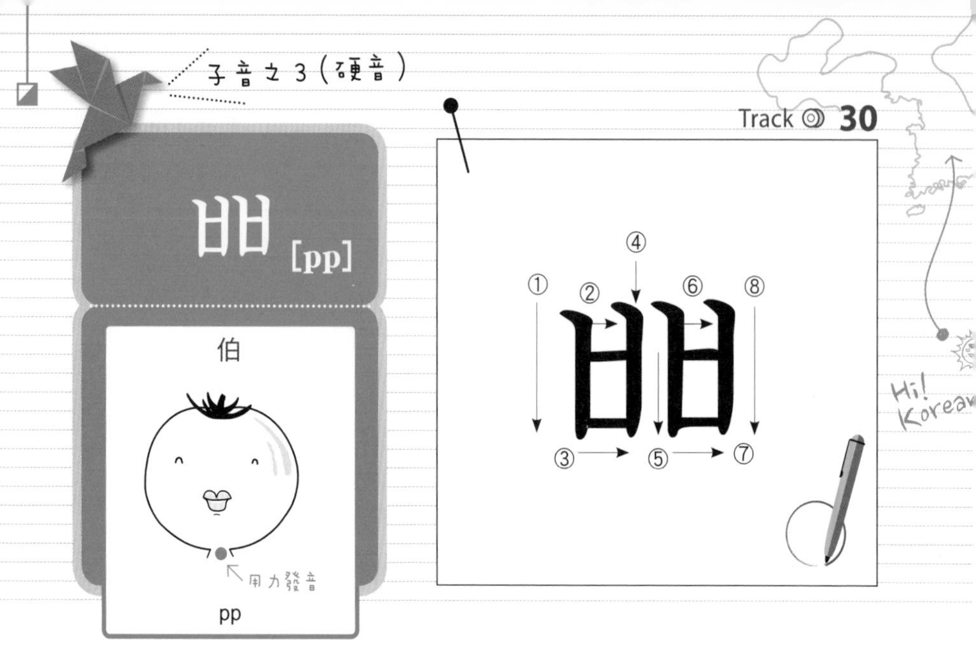

很像用力唸注音「ㄅㄟ」。與「ㅂ」基本相同，只是要用力唸。發音時必須使發音器官先緊張起來，讓氣流在喉腔受阻，然後衝破聲門，發生擠喉現象。

「ㅃ」的發音

★ 注意聽標準腔調，老師會唸3次

跟中文的「伯」相似 ▶▶▶ ㅃ [pp] ▶ ㅃ [pp] ▶ ㅃ [pp]

練習寫寫看

빠	빠	빠	빠			
뽀	뽀	뽀	뽀			

有「ㅃ」的單字

★ 跟著老師慢慢唸

o . ppa	ppyam
오빠	뺨
喔．爸	飄鴨
哥哥	臉頰

有「ㅃ」的會話

★ 配合朗讀MP3，大聲唸就記得住喔！

1 

오빠, 사랑해요.
o . ppa .sa . rang . hae . yo

哥哥，
我愛你！

2 

오빠, 사랑해요.
喔．爸．莎．郎．黑．油

哥哥，
我愛你！

3 

오빠, 사랑해요.

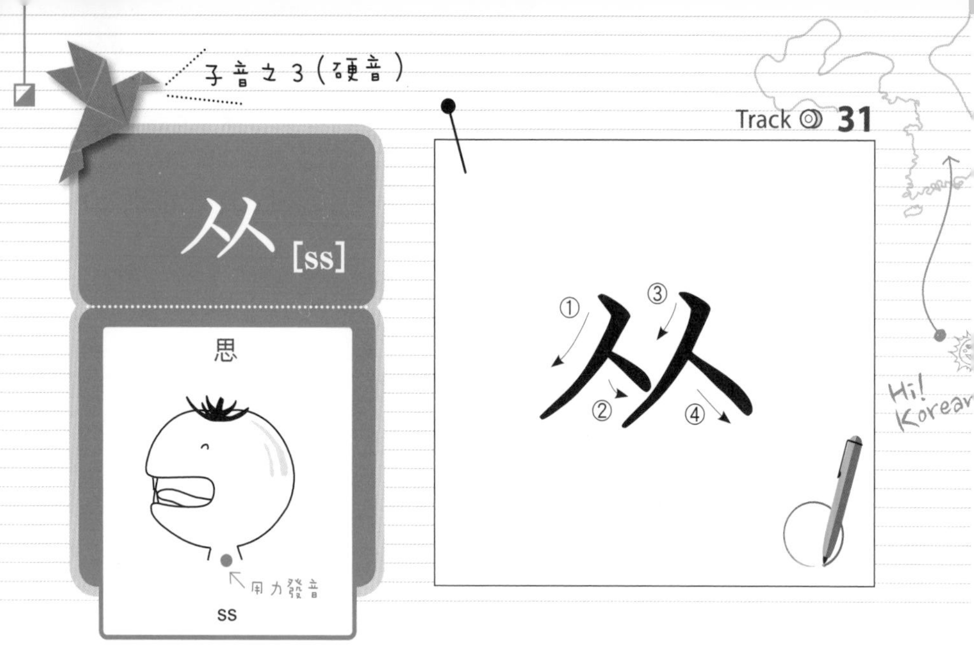

很像用力唸注音「ㄙ丶」。與「ㅅ」基本相同，只是要用力唸。發音時必須使發音器官先緊張起來，讓氣流在喉腔受阻，然後衝破聲門，發生擠喉現象。

「ㅆ」的發音

★ 注意聽標準腔調，老師會唸3次

跟中文的「思」相似 ▶▶▶ ㅆ [ss] ▶ ㅆ [ss] ▶ ㅆ [ss]

練習寫寫看

싸	싸	싸	싸			
쏘	쏘	쏘	쏘			

有「ㅆ」的單字

★ 跟著老師慢慢唸

ssa . u . da
싸우다
沙 . 屋 . 打
打架

sso . da
쏘다
受 . 打
射、擊

有「ㅆ」的會話

★ 配合朗讀MP3，大聲唸就記得住喔！

1

慢慢唸
不要急

싸우지 마!
ssa . u . ji . ma
別打了！

2

跟老師
一起唸

싸우지 마!
沙 . 屋 . 騎 . 馬
別打了！

3

跟韓國人
大聲說

싸우지 마!

Track 32

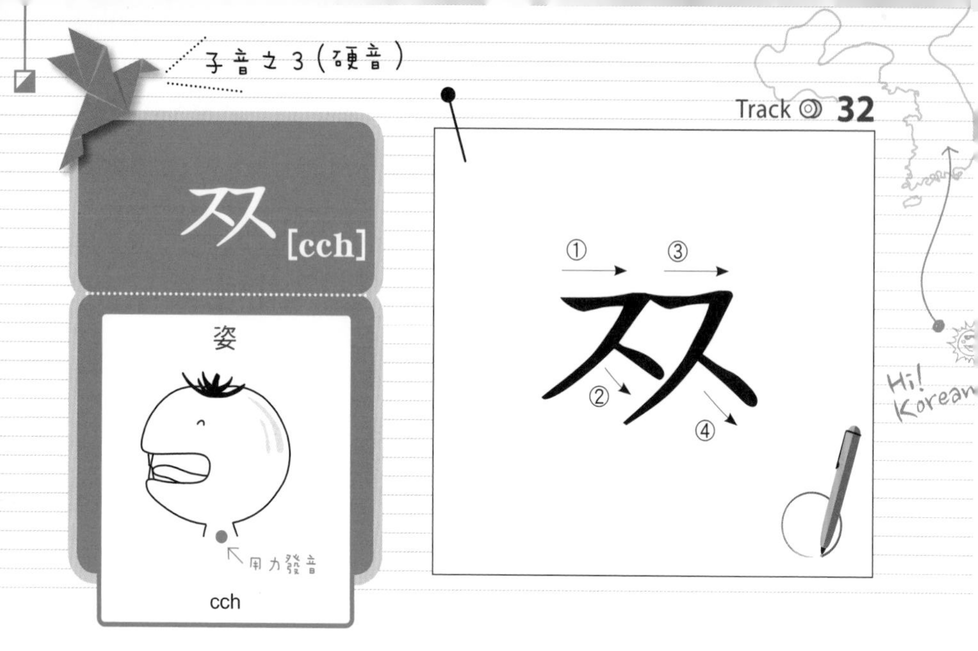

很像用力唸注音「ㄗˋ」。與「ㄡ」基本相同，只是要用力唸。發音時必須使發音器官先緊張起來，讓氣流在喉腔受阻，然後衝破聲門，發生擠喉現象。

「ㅉ」的發音

★ 注意聽標準腔調，老師會唸3次

跟中文的「姿」相似 ▶▶▶ ㅉ [cch] ▶ ㅉ [cch] ▶ ㅉ [cch]

練習寫寫看

짜	짜	짜	짜			
쪼	쪼	쪼	쪼			

有「ㅉ」的單字

★ 跟著老師慢慢唸

ka . ccha	ccha . da
가짜	짜다
卡 . 恰	渣 . 打
騙的	鹹的

有「ㅉ」的會話

★ 配合朗讀MP3，大聲唸就記得住喔！

1 
慢慢唸 不要急

진짜?
chin . ccha

真的嗎？

2 
跟老師 一起唸

진짜?
親 . 渣

真的嗎？

3 
跟韓國人 大聲說

진짜.

問題練習 4
Practice

❶ 寫寫看

아까	아	까									
꼬마	꼬	마									
짜다	짜	다									
떠나다	떠	나	다								

❷ 翻譯練習（中文翻成韓文）

1. 那麼 ______________
2. 剛才 ______________
3. 哥哥 ______________
4. 離開 ______________

❸ 跟著老師念念看

Track 33

老師唸一次	大聲跟著唸
1. 싸우다 →	싸우다
2. 가짜 →	가짜
3. 쏘다 →	쏘다
4. 꼬마 →	꼬마

❹ 聽寫練習

Track 33

1. ______________
2. ______________
3. ______________
4. ______________
5. ______________
6. ______________
7. ______________
8. ______________

Chapter 5

複合母音

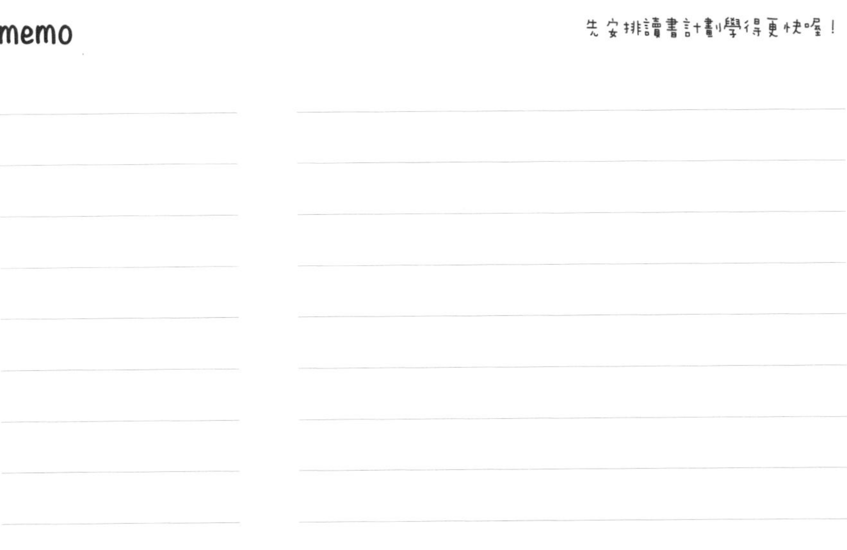

memo

先安排讀書計劃學得更快喔！

ㅐ [ae]

ㅏ + ㅣ

耶

ㅐ

ae

Track 34

애

① ② ③ ④

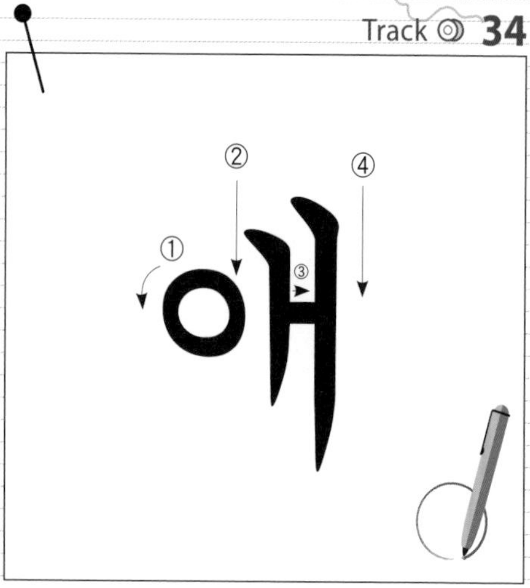

是由「ㅏ [a]+ㅣ [i]」組合而成的。很像注音「ㄟ」。嘴巴張開，但比「ㅏ」小一點，前舌面隆起靠近硬顎，雙唇向兩邊拉緊。

「ㅐ」的發音

★ 注意聽標準腔調，老師會唸3次

跟中文的「耶」相似 ▶▶▶ ㅐ [ae] ▶ ㅐ [ae] ▶ ㅐ [ae]

練習寫寫看

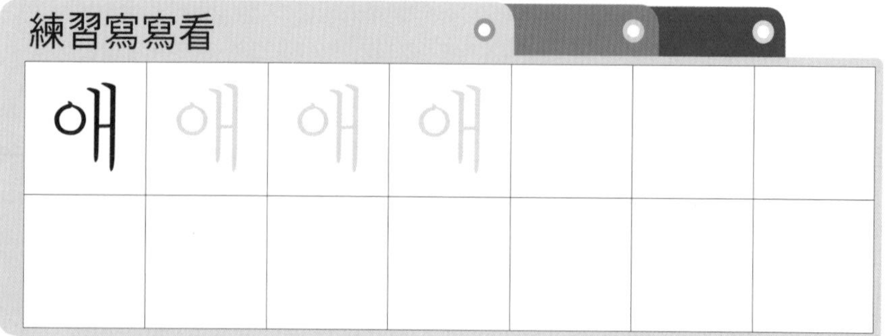

有「ㅐ」的單字

★ 跟著老師慢慢唸

hae 해 黑 太陽	sae 새 誰 鳥

有「ㅐ」的會話

★ 配合朗讀MP3，大聲唸就記得住喔！

1

慢慢唸 不要急

독해요？
do . khae . yo

（酒精度數）很高嗎？

2

跟老師 一起唸

독해요？
吐．給．喲

（酒精度數）很高嗎？

3

跟韓國人 大聲說

독해요？

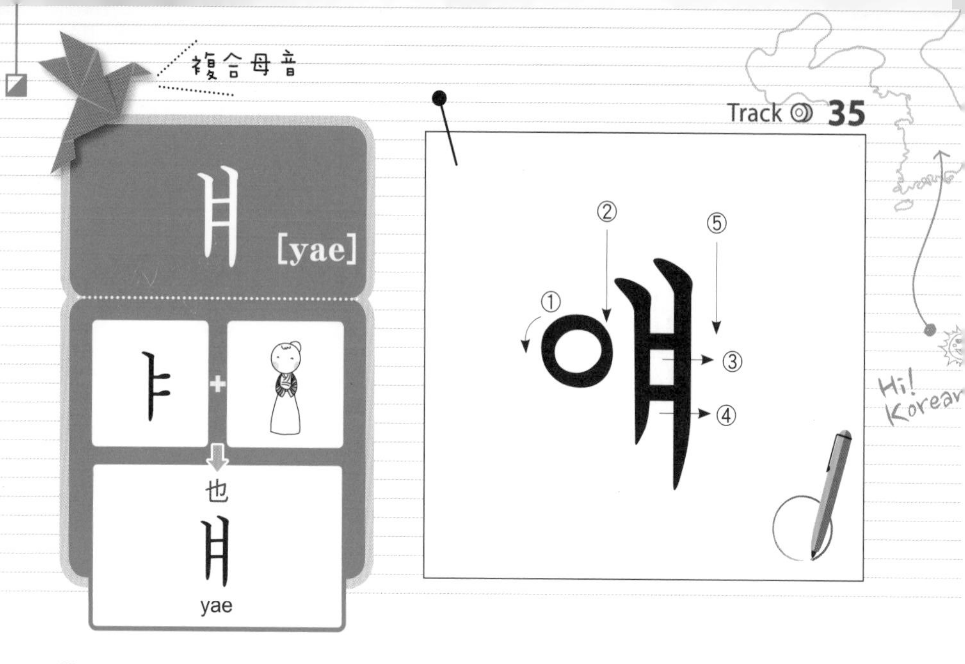

是由「ㅑ[ya] ＋ㅣ [i]」組合而成的。很像注音「一ㄟ」。發音訣竅是，先發「ㅣ」， 然後快速滑向「ㅐ」，就成「ㅒ」音囉！

「ㅒ」的發音

★ 注意聽標準腔調，老師會唸3次

跟中文的「也」相似 ⋙ ㅒ [yae] ▶ ㅒ [yae] ▶ ㅒ [yae]

練習寫寫看

애	애	애	애			

有「ㅒ」的單字

★ 跟著老師慢慢唸

yae 얘 也 這個人（孩子）	kae 걔 幾也 那個人（孩子）

有「ㅒ」的會話

★ 配合朗讀MP3，大聲唸就記得住喔！

1

慢慢唸
不要急

좀 더 얘기해 줘요!
chom . deo . yae . ki . hae . chwo . yo
請繼續說！

2

跟老師
一起唸

좀 더 얘기해 줘요!
窮 . 透 . 也 . 給 . 黑 . 酒 . 油
請繼續說！

3

跟韓國人
大聲說

좀 더 얘기해 줘요!

Track 36

ㅔ [e]

ㅓ + (ㅣ)

給

ㅔ

e

③ ④ ① ② 에

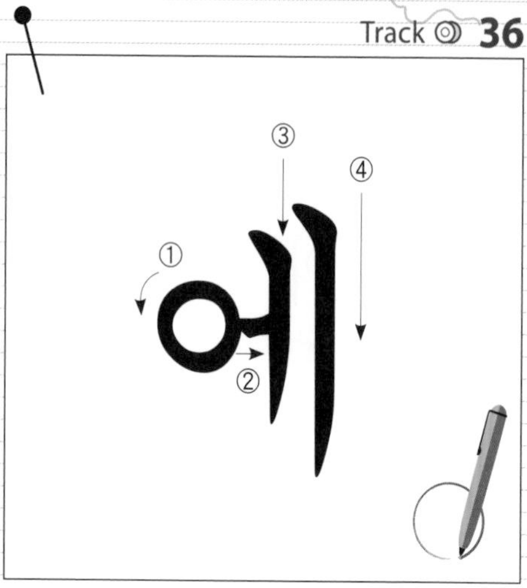

是由「ㅓ [eo] + ㅣ[i]」組合而成的。很像注音「ㄝ」。口形要比「ㅐ[ae]」小一些， 嘴巴不要張得太大，前舌面比發「ㅐ」音隆起一些。

★ 注意聽標準腔調，老師會唸3次

跟中文的「給」相似 ⋙ ㅔ [e] ▶ ㅔ [e] ▶ ㅔ [e]

練習寫寫看

에	에	에	에			

有「ㅔ」的單字

★ 跟著老師慢慢唸

me . nyu 메뉴 梅 . 牛 菜單	ke 게 可黑 螃蟹

有「ㅔ」的會話

★ 配合朗讀MP3，大聲唸就記得住喔！

1 慢慢唸不要急

한국에 가자.
hang . gu . ke . ka . cha
去韓國吧！

2 跟老師一起唸

한국에 가자.
憨 . 庫 . 給 . 卡 . 恰
去韓國吧！

3 跟韓國人大聲說

한국에 가자.

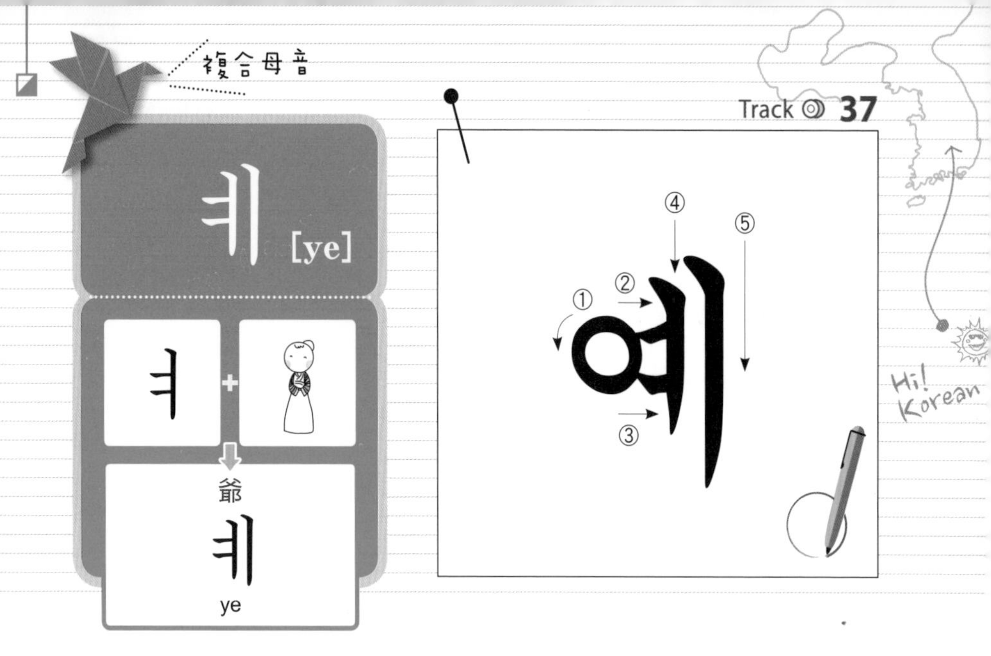

是由「ㅕ [yeo]+ㅣ [i]」組合而成的。很像注音「ㄧㄝ」。發音訣竅是，先發「ㅣ」，然後快速滑向「ㅔ[e]」，就成「ㅖ」音囉！

「ㅖ」的發音

★ 注意聽標準腔調，老師會唸3次

跟中文的「爺」相似 ▶▶▶ ㅖ [ye] ▶ ㅖ [ye] ▶ ㅖ [ye]

練習寫寫看

예	예	예	예			

有「ㅖ」的單字

★ 跟著老師慢慢唸

ye . bae	si . ge
예배	시계
也 . 北	細 . 給
禮拜	時鐘

有「ㅖ」的會話

★ 配合朗讀MP3，大聲唸就記得住喔！

1

慢慢唸 不要急

이건 뭐예요?
i . geon . nwo . ye . yo

這是什麼？

2

跟老師 一起唸

이건 뭐예요?
伊 . 幹 . 某 . 也 . 喲

這是什麼？

3

跟韓國人 大聲說

이건 뭐예요?

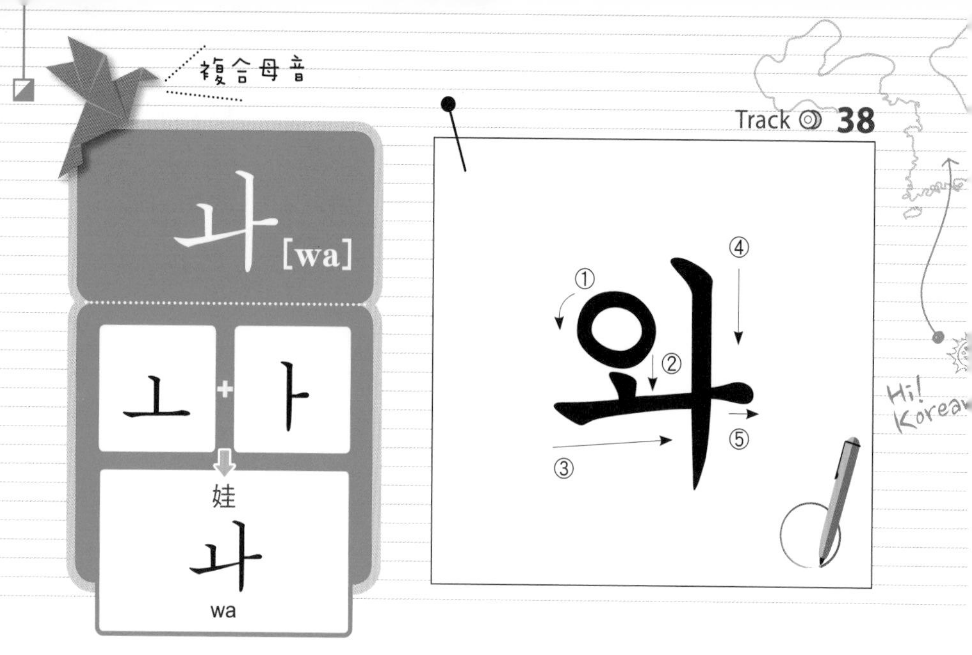

是由「ㅗ [o] + ㅏ [a]」組合而成的。很像注音「ㄨㄚ」。發音訣竅是，先發「ㅗ」，然後快速滑向「ㅏ」，就成「ㅘ」音囉！

「ㅘ」的發音

★ 注意聽標準腔調，老師會唸3次

跟中文的「娃」相似 ▶▶▶ ㅘ [wa] ▶ ㅘ [wa] ▶ ㅘ [wa]

練習寫寫看

와	와	와	와			

有「ㅘ」的單字

★ 跟著老師慢慢唸

sa . gwa	kyo . gwa . seo
사과	교과서
傻 . 瓜	教 . 瓜 . 瘦
蘋果	教科書

有「ㅘ」的會話

★ 配合朗讀MP3，大聲唸就記得住喔！

1

慢慢唸
不要急

도와주세요!
to . wa .chu . se .yo
救命啊！

2

跟老師
一起唸

도와주세요!
土 . 娃 . 阻 . 塞 . 油
救命啊！

3

跟韓國人
大聲說

도와주세요!

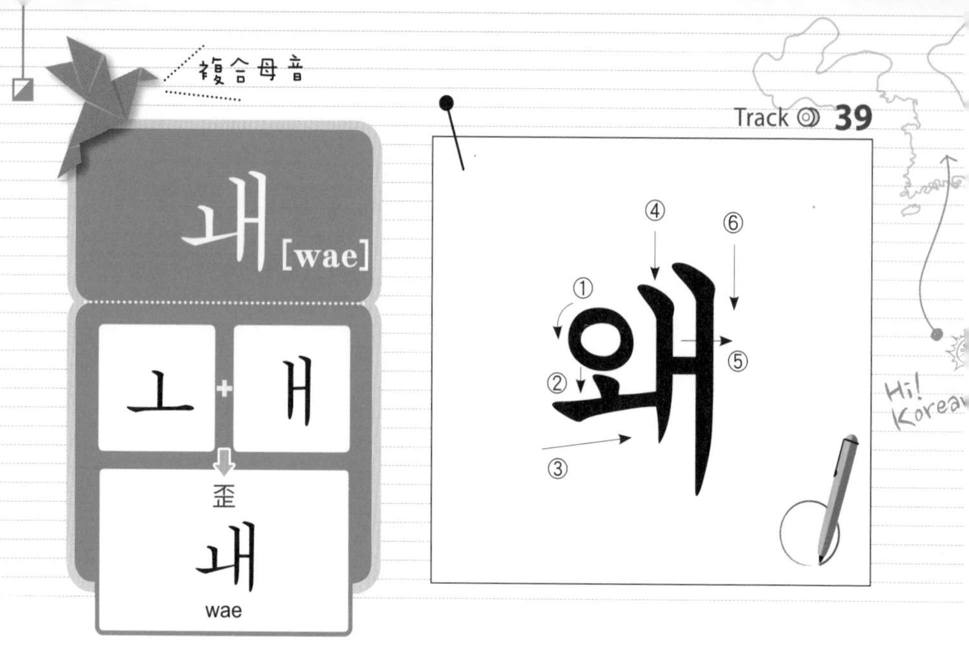

是由「ㅗ [o] ＋ㅐ [ae]」組合而成的。很像注音「ㄛㄝ」。發音訣竅是，先發「ㅗ」，然後快速滑向「ㅐ」，就成「ㅙ」音囉！

「ㅙ」的發音

★ 注意聽標準腔調，老師會唸3次

跟中文的「歪」相似 ▶▶▶ ㅙ [wae] ▶ ㅙ [wae] ▶ ㅙ [wae]

練習寫寫看

왜	왜	왜	왜			

有「ㅙ」的單字

★ 跟著老師慢慢唸

yu . kwae	dwae . ji
유쾌	돼지
有 . 快	腿 . 祭
愉快	豬

有「ㅙ」的會話

★ 配合朗讀MP3，大聲唸就記得住喔！

1

慢慢唸
不要急

왜요?
wae . yo

為什麼？

2

跟老師
一起唸

왜요?
為 . 油

為什麼？

3

跟韓國人
大聲說

왜요?

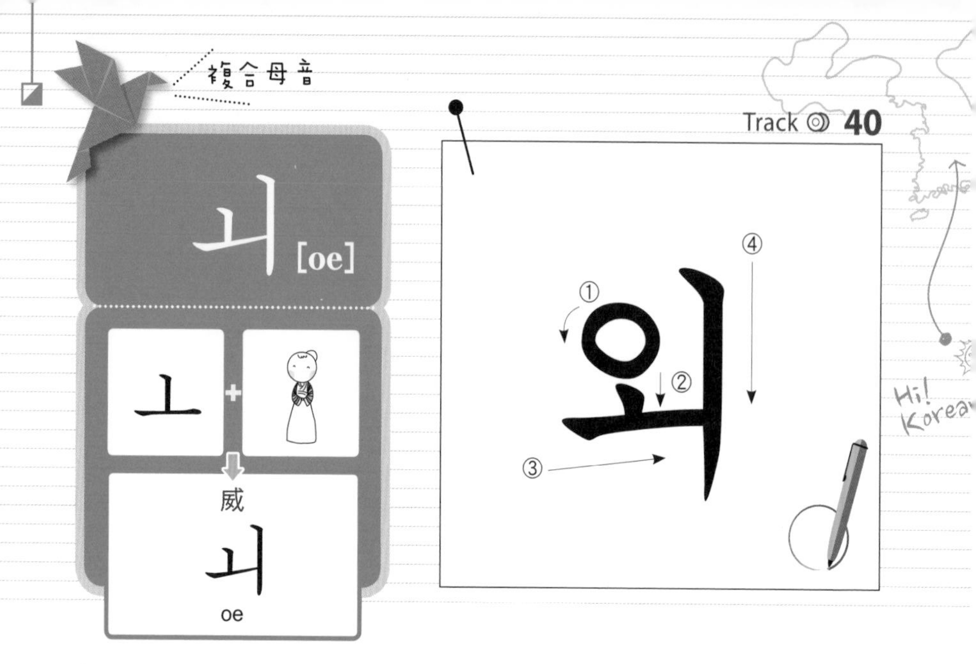

是由「ㅗ [o]+ㅣ[i]」組合而成的。很像注音「ㄨㄝ」。嘴巴大小還有舌位與「ㅔ[e]」相同。嘴巴稍微張開，舌面隆起接近軟齶，雙唇攏成圓形。訣竅是先不發音，把雙唇攏成圓形，然後從這個嘴型發出「ㅔ」的音，就很簡單啦！

「ㅚ」的發音

★ 注意聽標準腔調，老師會唸3次

跟中文的「威」相似 ▶▶▶ ㅚ [oe] ▶ ㅚ [oe] ▶ ㅚ [oe]

練習寫寫看

외	외	외	외			

有「ㅚ」的單字

★ 跟著老師慢慢唸

hoe . sa	koe . mul
회사	괴물
會 . 莎	虧 . 母兒
公司	怪物

有「ㅚ」的會話

★ 配合朗讀MP3，大聲唸就記得住喔！

1 

외로워요.
oe . ro . wo . yo
好寂寞！

2 

외로워요.
威 . 樓 . 我 . 油
好寂寞！

3 

외로워요.

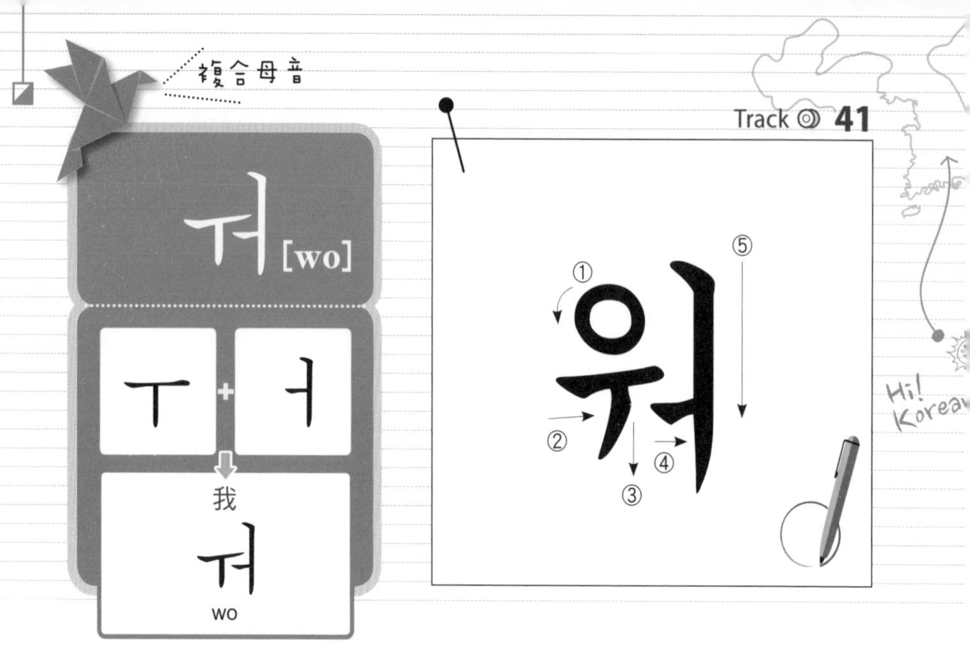

是由「ㅜ [u]+ㅓ [eo]」組合而成的。很像注音「ㄨㄛ」。發音訣竅是，先發「ㅜ」， 然後快速滑向「ㅓ」，就成「ㅝ」音囉！比發母音「ㅛ」時，舌面更向上隆起，雙唇攏成圓形，同時向外送氣發音。

「ㅝ」的發音

★ 注意聽標準腔調，老師會唸3次

跟中文的「我」相似 ⋙ ㅝ [wo] ▸ ㅝ [wo] ▸ ㅝ [wo]

練習寫寫看

워	워	워	워			

有「ㅝ」的單字

★ 跟著老師慢慢唸

won	mwo
원	뭐
旺	某
韓幣單位	什麼

有「ㅝ」的會話

★ 配合朗讀MP3，大聲唸就記得住喔！

1 
慢慢唸 不要急

고마워(요).
ko . ma . wo . (yo)
感謝你（呀）!

2 
跟老師 一起唸

고마워(요).
姑 . 罵 . 我 .（油）
感謝你（呀）!

3 
跟韓國人 大聲說

고마워(요).

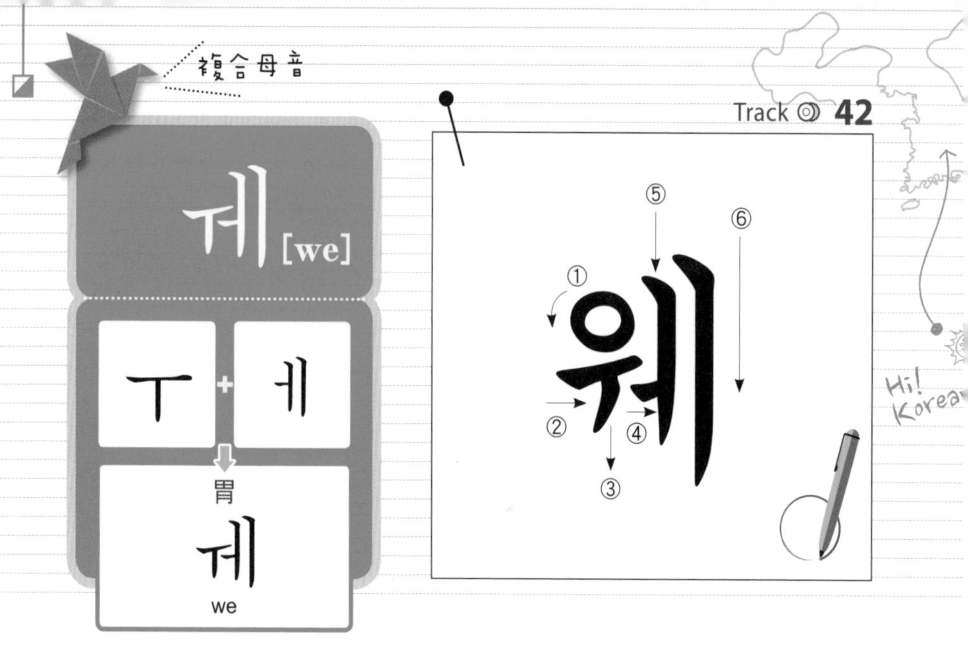

是由「ㅜ [u] + ㅔ [e]」組合而成的。很像注音「ㄨㄝ」。發音訣竅是，先發「ㅜ」，然後快速滑向「ㅔ」，就成「ㅞ」音囉！

「ㅞ」的發音

★ 注意聽標準腔調，老師會唸3次

跟中文的「胃」相似 ⋙ ㅞ [we] ▶ ㅞ [we] ▶ ㅞ [we]

練習寫寫看

웨	웨	웨	웨			

有「ㅞ」的單字

★ 跟著老師慢慢唸

we . i . beu

웨이브

胃 . 衣 . 布

捲度（頭髮等）

we . i . teo

웨이터

胃 . 衣 . 透

服務員（餐廳）

有「ㅞ」的會話

★ 配合朗讀MP3，大聲唸就記得住喔！

1

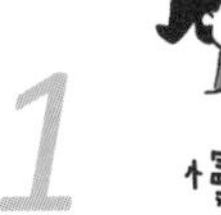

慢慢唸 不要急

스웨터 , 얼마예요?

seu . we . teo , eol . ma . ye . yo ?

毛衣，多少錢？

2

跟老師 一起唸

스웨터 , 얼마예요?

司 . 胃 . 透 . 二耳 . 馬 . 也 . 油

毛衣，多少錢？

3

跟韓國人 大聲說

스웨터 , 얼마예요?

Track 43

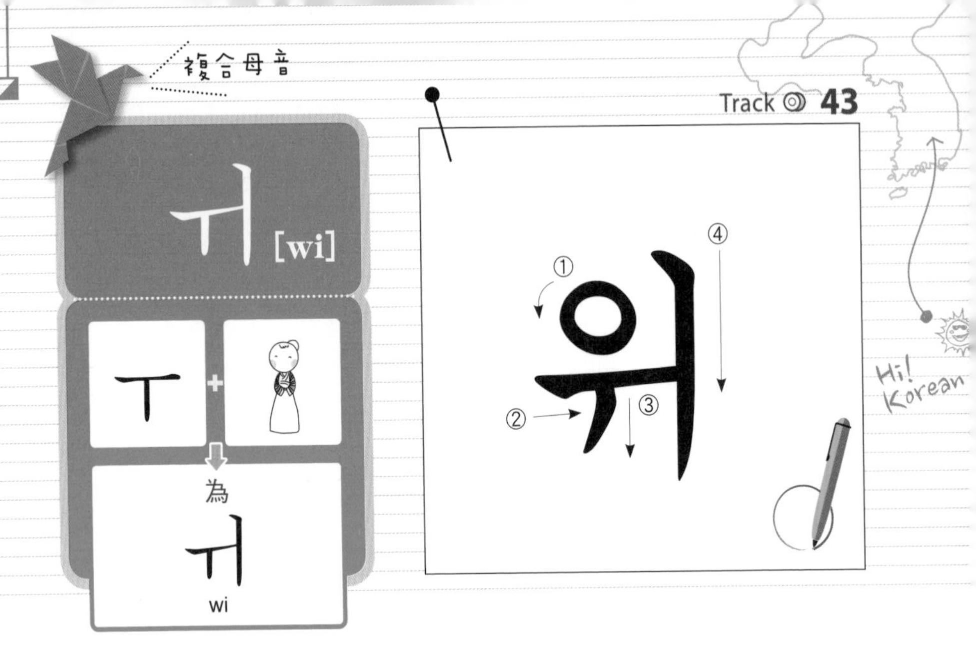

發音時，是由「ㅜ [u] + ㅣ [i]」組合而成的。很像注音「ㄩ」。嘴的張開度和舌頭的高度與「ㅣ」相近，但發「ㅟ」音時雙嘴唇要攏成圓形。

★ 注意聽標準腔調，老師會唸3次

「ㅟ」的發音

跟中文的「為」相似 ▶▶▶ ㅟ [wi] ▶ ㅟ [wi] ▶ ㅟ [wi]

練習寫寫看

위	위	위	위			

有「ㅟ」的單字

★ 跟著老師慢慢唸

chwi . mi	kwi
취미	귀
娶．米	桂
興趣	耳朵

有「ㅟ」的會話

★ 配合朗讀MP3，大聲唸就記得住喔！

1 慢慢唸 不要急

가위 바위 보.
ka . wi . ba . wi . bo

剪刀、石頭、布！

2 跟老師一起唸

가위 바위 보.
卡．為．爬．為．普

剪刀、石頭、布！

3 跟韓國人大聲說

가위 바위 보.

ㅢ [ui]

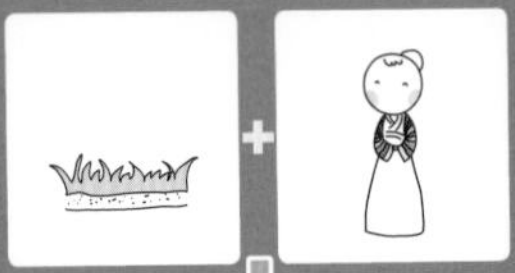

ㅡ + ㅣ

喔衣

ㅢ

ui

Track 44

의

① ② ③

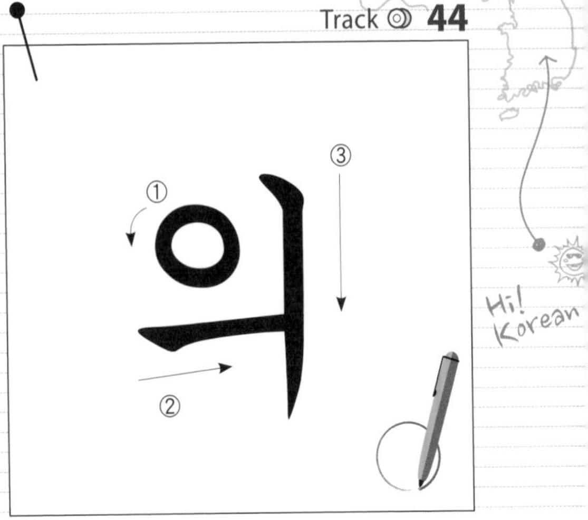

是由「ㅡ [eu]+ㅣ [i]」組合而成的。很像注音「ㄜㄧ」。發音訣竅是，先發「ㅡ」然後快速滑向「ㅣ」，就成「ㅢ」音。雙唇向左右拉開發音喔！

「ㅢ」的發音

★ 注意聽標準腔調，老師會唸3次

練習寫寫看

의 의 의 의

有「ㅢ」的單字

★ 跟著老師慢慢唸

ui . ja	ui . sa
의자	의사
烏衣 . 加	烏衣 . 莎
椅子	醫生

有「ㅢ」的會話

★ 配合朗讀MP3，大聲唸就記得住喔！

1 慢慢唸 不要急

의사를 불러 주세요. 請叫醫生！

ui . sa . reul . bul . leo . ju . se . yo

2 跟老師一起唸

의사를 불러 주세요. 請叫醫生！

烏衣 . 莎 . 日 . 普 . 拉 . 阻 . 誰 . 喲

3 跟韓國人大聲說

의사를 불러 주세요.

問題練習 5
Practice

❶ 寫寫看

개	개										
해	해										
게	게										
원	원										

❷ 翻譯練習（中文翻成韓文）

1. 注意 ______________
2. 醫生 ______________
3. 怪物 ______________
4. 公司 ______________

❸ 跟著老師念念看

Track 45

老師唸一次	大聲跟著唸
1. 메뉴 ➡	메뉴
2. 예배 ➡	예배
3. 시계 ➡	시계
4. 교과서 ➡	교과서

❹ 聽寫練習

Track 45

1. ______________
2. ______________
3. ______________
4. ______________
5. ______________
6. ______________
7. ______________
8. ______________

反切表：平音、送氣音跟基本母音的組合

Track ◎ **46**

母音 / 子音	ㅏ a	ㅑ ya	ㅓ eo	ㅕ yeo	ㅗ o	ㅛ yo	ㅜ u	ㅠ yu	ㅡ eu	ㅣ i
ㄱ k/g	가 ka	갸 kya	거 keo	겨 kyeo	고 ko	교 kyo	구 ku	규 kyu	그 keu	기 ki
ㄴ n	나 na	냐 nya	너 neo	녀 nyeo	노 no	뇨 nyo	누 nu	뉴 nyu	느 neu	니 ni
ㄷ t/d	다 ta	댜 tya	더 teo	뎌 tyeo	도 to	됴 tyo	두 tu	듀 tyu	드 teu	디 ti
ㄹ r/l	라 ra	랴 rya	러 reo	려 ryeo	로 ro	료 ryo	루 ru	류 ryu	르 reu	리 ri
ㅁ m	마 ma	먀 mya	머 meo	며 myeo	모 mo	묘 myo	무 mu	뮤 myu	므 meu	미 mi
ㅂ p/b	바 pa	뱌 pya	버 peo	벼 pyeo	보 po	뵤 pyo	부 pu	뷰 pyu	브 peu	비 pi
ㅅ s	사 sa	샤 sya	서 seo	셔 syeo	소 so	쇼 syo	수 su	슈 syu	스 seu	시 si
ㅇ —/ng	아 a	야 ya	어 eo	여 yeo	오 o	요 yo	우 u	유 yu	으 eu	이 i
ㅈ ch/j	자 cha	쟈 chya	저 cheo	져 chyeo	조 cho	죠 chyo	주 chu	쥬 chyu	즈 cheu	지 chi
ㅊ ch	차 cha	챠 chya	처 cheo	쳐 chyeo	초 cho	쵸 chyo	추 chu	츄 chyu	츠 cheu	치 chi
ㅋ k	카 ka	캬 kya	커 keo	켜 kyeo	코 ko	쿄 kyo	쿠 ku	큐 kyu	크 keu	키 ki
ㅌ t	타 ta	탸 tya	터 teo	텨 tyeo	토 to	톄 tyo	투 tu	튜 tyu	트 teu	티 ti
ㅍ p	파 pa	퍄 pya	퍼 peo	펴 pyeo	포 po	표 pyo	푸 pu	퓨 pyu	프 peu	피 pi
ㅎ h	하 ha	햐 hya	허 heo	혀 hyeo	호 ho	효 hyo	후 hu	휴 hyu	흐 heu	히 hi

Chapter 6

收尾音（終音）跟發音的變化

point 1 收尾音（終音）

韓語的子音可以在字首，也可以在字尾，在字尾的時候叫收尾音，又叫終音。韓語19 個子音當中，除了「ㄸ、ㅃ、ㅉ」之外，其他 16 種子音都可以成為收尾音。但實際只有 7 種發音，27 種形式。

1	ㄱ	[k]	ㄱ ㅋ ㄲ ㄳ ㄺ
2	ㄴ	[n]	ㄴ ㄵ ㄶ
3	ㄷ	[t]	ㄷ ㅌ ㅅ ㅆ ㅈ ㅊ ㅎ
4	ㄹ	[l]	ㄹ ㄼ ㄽ ㄾ ㅀ
5	ㅁ	[m]	ㅁ ㄻ
6	ㅂ	[p]	ㅂ ㅍ ㅄ ㄿ
7	ㅇ	[ng]	ㅇ

❶ ㄱ [k]：ㄱ ㅋ ㄲ ㄳ ㄺ

用後舌根頂住軟顎來收尾。像在發台語「學」的尾音。

▧ 마 지 막 [ma ji mak] 最後　　▧ 곡 식 [gok sik] 穀物

❷ ㄴ [n]：ㄴ ㄵ ㄶ

用舌尖頂住齒齦，並發出鼻音來收尾。感覺像在發台語「安」的尾音。

▧ 반 대 [pan dae] 反對　　▧ 전 신 주 [jeon sin ju] 電線桿

▧ 안 내 [an nae] 陪同遊覽

❸ ㄷ [t]：ㄷ ㅌ ㅅ ㅆ ㅈ ㅊ ㅎ

用舌尖頂住齒齦，來收尾。像在發台語「日」的尾音。

▧ 샅바 [sat pa] (摔跤用的)腿繩　　▧ 옷 [ot] 服

▧ 꽃 [kkot] 花

❹ ㄹ [l]：ㄹ ㄼ ㄽ ㄾ ㅀ

用舌尖頂住齒齦，來收尾。像在發台語「兒」音。

▧ 마 을 [ma eul] 村落　　▧ 쌀 [ssal] 米

▧ 발 [pal] 腳

❺ ㅁ [m]：ㅁ ㄻ

緊閉雙唇，同時發出鼻音來收尾。像在發台語「甘」的尾音。

▧ 봄 [pom] 春天　　▧ 이 름 [i reum] 名字

▧ 사 람 [sa ram] 人

❻ ㅂ [p]：ㅂ ㅍ ㅄ ㄿ

緊閉雙唇，同時發出鼻音來收尾。像在發台語「葉」的尾音。

▧ 입 [ip] 嘴巴　　▧ 잎 [ip] 葉子

▧ 값 [kap] 價錢

❼ ㅇ [ng]：ㅇ

用舌根貼住軟顎，同時發出鼻音來收尾。感覺像在發台語「爽」的尾音。

▧ 사 랑 [sa rang] 愛情　　▧ 강 [kang] 河川

▧ 유 령 [yu ryeong] 鬼，幽靈

point 2 發音的變化

韓語為了比較好發音等因素，會有發音上的變化。

❶ 硬音化

「ㄱ [k], ㄷ [t], ㅂ [P]」收尾的音，後一個字開頭是平音時，都要變成硬音。簡單說就是：

「ㄱ , ㄷ , ㅂ」+平音「ㄱ , ㄷ , ㅂ , ㅅ , ㅈ」
→硬音「ㄲ , ㄸ , ㅃ , ㅆ , ㅉ」。

正確表記	為了好發音	實際發音
학 교 [hak gyo]	→	학 꾜 [hak kkyo] 學校
식 당 [sik dang]	→	식 땅 [sik ttang] 食堂

❷ 激音化

「ㄱ [k], ㄷ [t], ㅂ [P], ㅈ [t]」收尾的音，後一個字開頭是「ㅎ」時，要發成激音「ㅋ , ㅌ , ㅍ , ㅊ」；相反地，「ㅎ」收尾的音，後一個字開頭是「ㄱ , ㄷ , ㅂ , ㅈ」時，也要發成激音「ㅋ , ㅌ , ㅍ , ㅊ」。簡單說就是：

ㄱ , ㄷ , ㅂ , ㅈ + ㅎ → ㅋ , ㅌ , ㅍ , ㅊ
ㅎ + ㄱ , ㄷ , ㅂ , ㅈ → ㅋ , ㅌ , ㅍ , ㅊ

正確表記	為了好發音	實際發音
놓 다 [not da]	→	노 타 [no ta] 置放
좋 고 [jot go]	→	조 코 [jo ko] 經常
백 화 점 [paek hwa jeom]	→	배 콰 점 [pae kwa jeom] 百貨公司
잊 히 다 [it hi da]	→	이 치 다 [i chi da] 忘記

❸ 連音化

「ㅇ」有時候像麻薯一樣，只要收尾音的後一個字是「ㅇ」時，收尾音會被黏過去唸。但是「ㅇ」也不是很貪心，如果收尾音有兩個，就只有右邊的那一個會被移過去念。

正確表記	為了好發音	實際發音
단 어 [tan eo]	→	다 너 [ta neo] 單字
값 이 [kaps i]	→	갑 시 [kap si] 價格
서 울 이 에 요 [seo ul i e yo]	→	서 우 리 에 요 [seo u li e yo] 是首爾

❹ ㅎ音弱化

收尾音「ㄴ, ㄹ, ㅁ, ㅇ」，後一個字開頭是「ㅎ」音；還有，收尾音「ㅎ」，後一個字開頭是母音時，「ㅎ」的音會被弱化，幾乎不發音。簡單說就是：

ㄴ, ㄹ, ㅁ, ㅇ+ㅎ →ㄴ, ㄹ, ㅁ, ㅇ

ㅎ+ㅇ→ㅇ

正確表記	為了好發音	實際發音
전 화 [jeon hwa]	→	저 놔 [jeo nwa] 電話
발 효 [pal hyo]	→	바 료 [pa ryo] 發酵
암 호 [am ho]	→	아 모 [a mo] 暗號
동 화 [tong hwa]	→	동 와 [tong wa] 童話
좋 아 요 [joh a yo]	→	조 아 요 [jo a yo] 好

❺ 鼻音化（1）

「ㄱ[k]」收尾的音，後一個字開頭是「ㄴ, ㅁ」時，要發成「ㅇ」[ng]。
「ㄷ[t]」收尾的音，後一個字開頭是「ㄴ, ㅁ」時，要發成「ㄴ」[n]。
「ㅂ[P]」收尾的音，後一個字開頭是「ㄴ, ㅁ」時，要發成「ㅁ」[m]。

正確表記	為了好發音	實際發音
국 물 [guk mul]	→	궁 물 [gung mul] 肉湯
짓 는 [jit neun]	→	진 는 [jin neun] 建築
입 문 [ip mun]	→	임 문 [im mun] 入門

❻ 鼻音化（2）

「ㄱ[k], ㄷ[t], ㅂ[p]」收尾的音，後一個字開頭是「ㄹ」時，各要發成「k→ㅇ」「t→ㄴ」「p→ㅁ」。而「ㄹ」要發成「ㄴ」。簡單說就是：

[ㄱ, ㄷ, ㅂ＋ㄹ→ㅇ, ㄴ, ㅁ
ㄹ→ㄴ]

正確表記	為了好發音	實際發音
복 리 [bok ri]	→	봉 니 [bong ni] 福利
입 력 [ip ryeok]	→	임 녁 [im nyeok] 輸入
정 류 장 [cheong ru jang]	→	정 뉴 장 [cheong nyu jang] 公車站牌

❼ 流音化：ㄹ同化

「ㄴ」跟「ㄹ」相接時，全部都發成「ㄹ」音。簡單說就是：

[ㄴ＋ㄹ→ㄹ＋ㄹ
ㄹ＋ㄴ→ㄹ＋ㄹ]

正確表記	為了好發音	實際發音
신 라 [sin la]	→	실라 [sil la] 新羅
실 내 [sil nae]	→	실 래 [sil lae] 室內

❽ 蓋音化

「ㄷ[t], ㅌ[t]」收尾的音，後一個字開頭是「이」時，各要發成「ㄷ→ㅈ」「ㅌ→ㅊ」。而「ㄷ[t]」收尾的音，後字為「히」時，要發成「ㅊ」。簡單說就是：

ㄷ +이→지
ㅌ +이→치
ㄷ +히→치

正確表記	為了好發音	實際發音
같 이 [kat i]	→	가 치 [ka chi] 一起
해 돋 이 [hae dot i]	→	해 도 지 [hae do ji] 日出

❾ ㄴ的添加音

韓語有時候也很曖昧，喜歡加一些音，那就叫做添加音。在合成詞中，以子音收尾的音，後一個字開頭是「야，애，여，예，요，유，이」時，中間添加「ㄴ」音。另外，「ㄹ」收尾的音，後面接母音時，中間加「ㄹ」音。簡單說：

子音+야, 애, 여, 예, 요, 유, 이
→子音+ㄴ+야, 애, 여, 예, 요, 유, 이

ㄹ+母音→ㄹ+ㄴ+母音

正確表記	為了好發音	實際發音
식용유 [sik yong yu]	→	시공뉴 [si gyong nyu] 食用油
한국요리 [han guk yo ri]	→	한궁뇨리 [han gung nyo ri] 韓國料理
알약 [al yak]	→	알략 [al lyak] 錠劑

什麼叫合成詞？就是兩個以上的單字，組成另一個意思不同的單字啦！例如：韓國＋料理→韓國料理。

附錄

生活必備單字

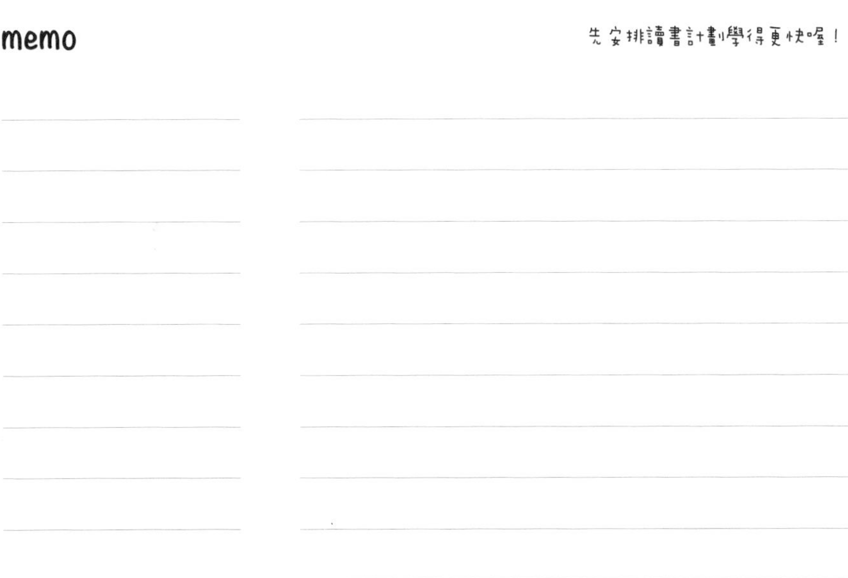

數字—漢字詞

Track 47

kong **공** 空 0	il **일** 憶兒 一	i **이** 伊 二	sam **삼** 山母 三	sa **사** 沙 四
o **오** 喔 五	yuk **육** 育苦 六	chil **칠** 妻兒 七	pal **팔** 怕兒 八	ku **구** 姑 九
sip **십** 細 十	si.pil **십일** 細 . 比兒 十一	si.pi **십이** 細 . 比 十二	i.sib **이십** 伊 . 細 二十	sam.sip **삼십** 三母 . 細 三十
paek **백** 陪哭 百	cheon **천** 餐 千	man **만** 滿 萬	sip.man **십만** 新 . 滿 十萬	baeng.man **백만** 篇 . 滿 百萬
cheon.man **천만** 餐 . 滿 千萬	eok **억** 歐哭 億	won **~ 원** ～旺 ～圜（韓幣單位）		

2 數字－固有詞

Track 48

ha.na(han) 하나.(한) 哈.娜.(憨) 1	tul(tu) 둘.(두) 兔耳.(禿) 2	set(se) 셋.(세) 色樸.(誰) 3
net(ne) 넷.(네) 呢特.(內) 4	ta.seot 다섯 打.手特 5	yeo.seot 여섯 有.手 6

il.gop 일곱 憶兒.哥撲 7	yeo.deol 여덟 有.嘟兒 8	a.hop 아홉 阿.候補 9	yeol 열 有兒 10

3 量詞

Track 49

myeong ~명 ~妙 ~位	kae ~개 ~給 ~個	pyeong ~병 ~蘋 ~瓶	jan ~잔 ~餐 ~杯

jang	tae	pong.ji	han.jan	tu.kae
~장	~대	~봉지	한잔	두개
~張	~貼	~崩.幾	憨.展	禿.給
~張	~台	~袋	1 杯	2 個

4 時間

Track 50

han.si	tu.si	se.si
한시	두시	세시
憨.細	禿.細	誰.細
1 點	2 點	3 點
ne.si	ta.seot.si	yeo.seot.si
네시	다섯시	여섯시
內.細	打.手.細	有.手.細
4 點	5 點	6 點
il.gop.si	yeo.deol.si	a.hop.si
일곱시	여덟시	아홉시
衣兒.夠.細	有.朵兒.細	阿.候補.細
7 點	8 點	9 點
yeol.si	yeo.ran.si	yeol.tu.si
열시	열한시	열두시
友.細	友.憨.細	友.土.細
10 點	11 點	12 點

5 日・月

Track 51

i.ril 일일 伊.力兒 1 日	i.il 이일 伊.憶兒 2 日	sa.mil 삼일 沙.蜜兒 3 日
sa.il 사일 沙.憶兒 4 日	o.il 오일 喔.憶兒 5 日	yu.gil 육일 又.給兒 6 日
chi.ril 칠일 七.立兒 7 日	pa.ril 팔일 八.立兒 8 日	ku.il 구일 姑.憶兒 9 日
si.bil 십일 細.比兒 10 日	si.bi.lil 십일일 細.逼.立兒 11 日	si.bi.il 십이일 細.比.憶兒 12 日
sip.sa.mil 십삼일 細普.沙.蜜兒 13 日	sip.sa.il 십사일 細普.沙.憶兒 14 日	si.bo.il 십오일 細.伯.憶兒 15 日

sim.yun.gil
십육일
心.牛.給兒
16日

sip.chi.ril
십칠일
細.七.力兒
17日

sip.pa.ril
십팔일
細.八.力兒
18日

sip.gu.il
십구일
細.姑.憶兒
19日

i.si.bil
이십일
伊.細.比兒
20日

i.sib.ir.il
이십일일
伊.細.逼.力兒
21日

i.si.bi.il
이십이일
伊.細.比.憶兒
22日

i.sip.sa.mil
이십삼일
伊.細.沙.密兒
23日

i.sip.sa.il
이십사일
伊.細.沙.憶兒
24日

i.rwol
일월
衣.弱兒
1月

i.wol
이월
伊.我兒
2月

sa.mwol
삼월
山母.我兒
3月

sa.wol
사월
沙.我兒
4月

o.wol
오월
喔.我兒
5月

yu.wol
유월
有.我兒
6月

chi.rwol
칠월
欺.弱兒
7月

pa.rwol
팔월
怕.弱兒
8月

ku.wol
구월
苦.我兒
9月

si.wol 시월 思．我兒 10 月	si.bi.rwol 십일월 西．逼．弱兒 11 月	si.bi.wol 십이월 西．比．我兒 12 月

6 時候

Track 52

a.chim 아침 阿．七母 早晨，早餐	jeom.sim 점심 從母．思母 中午，午餐	jeo.nyeok 저녁 走．牛哭 傍晚，晚餐
o.jeon 오전 喔．怎 上午	o.hu 오후 喔．呼 下午	pam 밤 怕母 夜晚
si.mya 심야 師母．雅 深夜	o.neul 오늘 喔．呢耳 今天	eo.je 어제 喔．借 昨天
geu.je 그제 哭．借 前天	nae.il 내일 內．憶兒 明天	mo.re 모레 母．淚 明後天

mae.il 매일 每.憶兒 每天	ji.nan.dal 지난달 奇.難.太耳 上個月	i.beon.tal 이번달 伊.朋.太耳 這個月
ta.eum.tal 다음달 打.恩母.太耳 下個月	ta.ta.eum.tal 다다음달 打.打.恩母.太耳 下下個月	ju.mal 주말 阻.罵兒 週末
pyeong.il 평일 平.憶兒 平日	hyu.il 휴일 休.憶兒 假日	ol.hae 올해 喔.累 今年
jang.nyeon 작년 強.牛 去年	nae.nyeon 내년 內.牛 明年	nae.hu.nyeon 내후년 內.呼.牛 後年
yeo.nyu 연휴 言.休 連休	yeo.reum.hyu.ga 여름휴가 有.樂母.休.哥 暑假	seol.lal 설날 手.拉 元旦

pom 봄 撥 春	yeo.reum 여름 有.樂母 夏	ka.eul 가을 卡.無兒 秋	kyeo.ul 겨울 橋.無兒 冬

Hi! Korea

7 星期

Track 53

i.ryo.il 일요일 伊.六.憶兒 星期日	wo.ryo.il 월요일 我.六.憶兒 星期一	hwa.yo.il 화요일 化.油.憶兒 星期二
su.yo.il 수요일 樹.油.憶兒 星期三	mo.gyo.il 목요일 某.叫.憶兒 星期四	keu.myo.il 금요일 苦.妙.憶兒 星期五
to.yo.il 토요일 偷.油.憶兒 星期六		

8 顏色

Track 54

keo.meun.saek 검은색 共.悶.誰 黑色	hen.saek 흰색 恨.誰 白色	hoe.saek 회색 會.誰 灰色

ppal.gan.saek 빨간색 八兒.桿.誰 紅色	pu.nong.seak 분홍색 噴.紅.誰 粉紅色	pa.ran.saek 파란색 怕.藍.誰 藍色
no.ran.saek 노란색 努.藍.誰 黃色	cho.rok.saek 초록색 求.鹿.誰 綠色	o.ren.ji.saek 오렌지색 喔.連.奇.誰 橙色
po.ra.saek 보라색 普.拉.誰 紫 色	kal.saek 갈색 渴.誰 咖啡色	

9 位置、方向

Track 55

tong.jjok 동쪽 同.秋 東	seo.jjok 서쪽 瘦.秋 西	nam.jjok 남쪽 男.秋 南
buk.jjok 북쪽 布.秋 北	ap 앞 阿布 前面	twi 뒤 推 後面

an 안 安 裡面	pak 밖 扒客 外面	sang.haeng 상행 上．狠 北上
ha.haeng 하행 哈．狠 南下		

10 人物及親友

Track 56

jeo ／ na 저／나 走／娜 我	u.ri 우리 屋．里 我們	a.beo.ji 아버지 阿．波．奇 父親
eo.meo.ni 어머니 喔．末．妮 母親	o.ppa. 오빠 喔．爸 哥哥（妹妹使用）	hyeong 형 雄 哥哥（弟弟使用）
eon.ni 언니 喔嗯．妮 姊姊（妹妹使用）	nu.na 누나 努．娜 姊姊（弟弟使用）	ha.la.beo.ji 할아버지 哈．拉．波．奇 爺爺

hal.meo.ni 할머니 哈.末.妮 奶奶	a.jeo.ssi 아저씨 阿.走.西 叔叔，大叔	a.jum.ma 아줌마 阿.初.馬 阿姨，大嬸
yeo.nin 연인 有.您 情人	nam.ja 남자 男.叉 男人	yeo.ja 여자 有.叉 女人
eo.leun 어른 喔.輪恩 大人	a.i 아이 阿.姨 小孩	chin.gu 친구 親.姑 朋友
pu.bu 부부 樸.布 夫妻	hyeong.je 형제 雄.姊 兄弟	nam.pyeon 남편 男.騙翁 丈夫
a.nae 아내 阿.內 妻子	a.deul 아들 阿.都兒 兒子	ddal 딸 大耳 女兒
mang.nae 막내 忙.內 么子	jeol.mneu.ni 젊은이 求兒.悶.你 年輕人	seon.bae.nim 선배님 松.配.你母 前輩

jung.gu.gin **중국인** 中.庫.金 中國人	han.guk.saram **한국사람** 憨.庫.沙.郎 韓國人

11 身體各部位

Track 57

sin.che **신체** 心.切 身體	meo.ri **머리** 末.里 頭	meo.ri.ka.rak **머리카락** 末.里.卡.拉 頭髮
i.ma **이마** 伊.馬 額頭	eol.gul **얼굴** 歐兒.骨兒 臉	nun **눈** 奴恩 眼睛
kwi **귀** 桂 耳朵	ko **코** 庫 鼻子	ip **입** 衣樸 嘴巴
ip.sul **입술** 衣樸.贖兒 嘴唇	teok **턱** 偷哥 下巴	hyeo **혀** 喝有 舌頭

mok.gu.meong
목구멍
某.姑.猛
喉嚨

i.ppal
이빨
伊.八兒
牙齒

mok
목
某
脖子

ka.seum
가슴
卡.師母
胸部

pae
배
配
肚子

teung
등
頓
背

heo.li
허리
後.里
腰

eo.gge
어깨
喔.給
肩膀

bae.kkop
배꼽
配.勾布
肚臍

eong.deong.i
엉덩이
翁.懂.伊
屁股

son
손
手恩
手

pal
발
拔
腳

neolp.jeok.ta.ri
넓적다리
摟樸.秋.打.里
大腿

mu.leup
무릎
木.弱樸
膝蓋

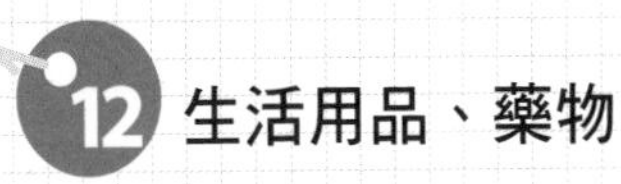

12 生活用品、藥物

Track 58

cheot.ga.rak **젓가락** 秋．卡．拉 筷子	sut.ga.rak **숟가락** 俗．卡．拉 湯匙	na.i.peu **나이프** 娜．伊．普 刀子
po.keu **포크** 普．苦 叉子	keop **컵** 可不 杯子	su.geon **수건** 樹．幹 毛巾
u.san **우산** 屋．傘 雨傘	an.gyeong **안경** 安．欲恩 眼鏡	kon.taek.teu.ren.jeu **콘택트렌즈** 空．特．的．連．具 隱形眼鏡
haen.deu.pon **핸드폰** 黑恩．的．朋 手機	chae.tteo.ri **재떨이** 切．頭．力 煙灰缸	keo.ul **거울** 口．無耳 鏡子
chong.i **종이** 窮．伊 紙	yeon.pil **연필** 永．筆 鉛筆	pol.pen **볼펜** 波．片 原子筆

chi.u.gae	ga.wi	hwa.jang.ji
지우개	**가위**	**화장지**
奇.屋.給	卡.位	化.張.奇
橡皮擦	剪刀	衛生紙

saeng.ri.dae	yak	gam.gi.yak
생리대	**약**	**감기약**
先.里.貼	牙苦	甘.幾.牙苦
衛生棉	藥	感冒藥

tu.tong.yak	chi.sa.je	chin.tong.je
두통약	**지사제**	**진통제**
禿.痛.牙苦	奇.沙.姊	親.痛.姊
頭痛藥	止瀉藥	止痛藥

ban.chang.go
반창고
胖.搶.姑
絆創膏（OK 繃）

13 衣服、鞋子、飾品

Track 59

拼音	韓文	諧音	中文
ot	옷	喔特	衣服
syeo.cheu	셔츠	羞．恥	襯衫
ti.syeo.cheu	티셔츠	提．羞．恥	T 恤
wa.i.syeo.cheu	와이셔츠	娃．伊．羞．恥	白襯衫
pol.ro.syeo.cheu	폴로셔츠	婆．樓．羞．恥	polo 襯衫
cheong.chang	정장	窮．張	西裝
han.bok	한복	憨．伯	韓服
yang.bok	양복	洋．伯	西服
teu.re.seu	드레스	土．淚．思	連身洋裝
ja.ket	자켓	叉．可	夾克
ko.teu	코트	庫．土	外套
seu.we.teo	스웨터	思．胃．透	毛衣
pan.pal	반팔	胖．八	短袖
kin.pal	긴팔	幾恩．八	長袖
won.pi.seu	원피스	旺．匹．思	連身裙

chi.ma / seu.keo.teu
치마 / 스커트
氣.馬/思.摳.土
裙子

mi.ni.seu.keo.teu
미니스커트
米.妮.思.摳.土
迷你裙

ba.ji
바지
爬.奇
褲子

cheong.ba.ji
청바지
窮.爬.奇
牛仔褲

pean.ti
팬티
偏.提
內褲

seu.ta.king
스타킹
思.她.金恩
絲襪

ja.mot
잠옷
掐.摸
睡衣

su.yeong.bok
수영복
樹.用.伯
泳裝

a.dong.bok
아동복
阿.同.伯
童裝

an.gyeong
안경
安.京恩
眼鏡

seon.geu.la.seu
선그라스
松.哭.拉.思
太陽眼鏡

nek.ta.i
넥타이
內.她.伊
領帶

pel.teu
벨트
陪.土
皮帶

mo.ja
모자
母.叉
帽子

mok.do.ri
목도리
某.都.里
圍巾

seu.ka.peu
스카프
思.卡.普
絲巾

jang.gap
장갑
張.甲
手套

pan.ji
반지
胖.奇
戒指

mok.geo.ri
목걸이
某.勾.力
項鍊

gwi.geo.ri
귀걸이
桂.勾.力
耳環

pi.eo.sing
피어싱
匹.喔.醒
耳環.(穿孔)

yang.mal
양말
洋.罵
襪子

gu.du
구두
姑.禿
鞋子

hil 힐 喝兒 高跟鞋	rong.bu.cheu 롱부츠 龍.樸.吃 長筒靴子	un.dong.hwa 운동화 運.同.化 運動鞋	saen.deul 샌들 現.都兒 涼鞋
seul.li.peo 슬리퍼 思.里.波 拖鞋	son.mok.si.gye 손목시계 松.某.細.給 手錶	ka.bang 가방 卡.胖 皮包	haen.deu.baek 핸드백 黑恩.都.配 手提包
pae.nang 배낭 配.男 背包	chi.gap 지갑 奇.甲 皮夾	yeol.soe.go.ri 열쇠고리 有.誰.鼓.勵 鑰匙環	son.su.geon 손수건 松.樹.工 手帕

14 化妝品等

Track 60

hwa.jang.pum 화장품 化.張.碰 化粧品	hyang.su 향수 香.樹 香水	pi.nu 비누 皮.努 肥皂
syam.pu 샴푸 香.普 洗髮精	rin.seu 린스 零.思 潤絲精	pa.di.syam.pu 바디샴푸 爬.弟.香.普 沐浴乳

se.an.je **세안제** 塞.安.姊 潔膚乳液(洗面乳)	pom.keul.len.jeo **폼클렌저** 波母.科.連.走 洗面乳液	seu.kin ／ hwa.jang.su **스킨／화장수** 思.金恩／化.張.樹 化妝水
e.meol.jeon **에멀전** 愛.末兒.窘 乳液	e.sen.seu **에센스** 愛.仙.思 精華液	keu.rim **크림** 科.力母 護膚霜
ma.seu.keu.paek **마스크팩** 馬.思.科.佩 面膜	ja.oe.seon.cha.dan.je **자외선차단제** 叉.外.松.擦.蛋.姊 防曬乳	bi.bi.keu.rim **비비크림** 比.比.科.力母 BB 霜
pa.un.de.i.syeon **파운데이션** 帕.運.弟.伊.兄 粉底霜	a.i.syae.do.u **아이섀도우** 阿.伊.邪.土.屋 眼影	ma.seu.ka.ra **마스카라** 馬.思.卡.拉 睫毛膏
lip.seu.tik **립스틱** 力普.思.弟 口紅	mae.ni.kyu.eo **매니큐어** 每.妮.哭.我 指甲油	chung.seong.pi.bu **중성피부** 中.松.匹.樸 一般肌膚
keon.seong.pi.bu **건성피부** 空.松.匹.樸 乾燥肌膚	chi.seong.pi.bu **지성피부** 奇.松.匹.樸 油性肌膚	min.gam.seong.pi.bu **민감성피부** 敏.甘.松.匹.樸 敏感肌膚

yeo.deu.reum **여드름** 有.的.樂母 青春痘	keom.beo.seot **검버섯** 共.波.手 黑斑	chu.geun.kkae **주근깨** 阻.滾.給 雀斑
da.keu.sseo.keul **다크써클** 打.科.色.科 黑眼圈	hwa.i.teu.ning **화이트닝** 化.伊.特.您 美白	ppo.song.ppo.song **뽀송뽀송** 澎.鬆.澎.鬆 平順滑溜
chok.chok **촉촉** 秋克.秋克 滋潤	san.tteut **산뜻** 傘.度 乾爽	mae.kkeun.mae.kkeun **매끈매끈** 每.睏.每.睏 亮澤
kak.jil **각질** 卡.季 角質	chok.chok **촉촉** 秋克.秋克 濕潤	mo.gong.ke.eo **모공케어** 母.工.客.喔 毛孔保養
po.seup **보습** 普.濕布 保濕		

15 家電製品

Track 61

ka.jeon.je.pum
가전제품
卡.窘.採.碰
家電製品

keon.jo.gi
건조기
空.抽.給
乾燥機

naeng.jang.go
냉장고
年.張.姑
冰箱

kim.chi.naeng.jang.go
김치냉장고
金母.氣.年.張.姑
泡菜冰箱

nal.ro
난로
難.樓
暖爐

e.eo.keon
에어컨
愛.喔.空
冷氣機

da.ri.mi
다리미
打.里.米
熨斗

deu.ra.i.eo
드라이어
凸.拉.伊.喔
吹風機

di.beu.i.di.peul.le.i.eo
디브이디플레이어
剃.布.伊.剃.普.淚.伊.喔
DVD 播放器

di.ji.teol.ga.jeon
디지털가전
剃.奇.頭.哥.窘
數位家電製品

ra.di.o
라디오
拉.剃.喔
收音機

pok.sa.gi
복사기
伯.沙.給
影印機

pi.di.o
비디오
皮.剃.喔
錄影機

pi.di.o.ka.me.ra
비디오카메라
皮.剃.喔.卡.梅.拉
攝影機

se.tak.gi
세탁기
塞.他課.給
洗衣機

si.gye **시계** 細.給 時鐘	cheon.ja.ren.ji **전자렌지** 窘.叉.連.奇 微波爐	cheon.ja.seo.jeok **전자서적** 窘.叉.瘦.醜可 電子書
cheo.nywa.gi **전화기** 窘.那.給 電話機	ka.me.ra **카메라** 卡.梅.拉 照相機	tel.le.bi.jeon **텔레비전** 貼.淚.皮.窘 電視
to.seu.teo **토스터** 投.思.透 烤麵包機	paek.seu **팩스** 陪.思 傳真機	

16 飲料

Track 62

mul **물** 母兒 水	mi.ne.ral.wo.teo **미네랄워터** 米.耐.拉.我.透 礦泉水	cha **차** 擦 茶
keo.pi **커피** 摳.匹 咖啡	hong.cha **홍차** 紅.擦 紅茶	ju.seu **쥬스** 救.思 果汁

kol.la **콜라** 口.拉 可樂	sul **술** 贖兒 酒	maek.ju **맥주** 妹.阻 啤酒
reom.ju **럼주** 摟母.阻 萊姆酒	so.da.ju **소다수** 嫂.打.樹 蘇打水	tong.tong.ju **동동주** 同.同.阻 濁米酒
so.ju **소주** 嫂.阻 燒酒	re.deu.wa.in **레드와인** 淚.的.娃.音 紅葡萄酒	hwa.i.teu.wa.in **화이트와인** 化.伊.特.娃.音 白葡萄酒
wi.seu.ki **위스키** 為.思.忌 威士忌	kak.te.il **칵테일** 卡.貼.憶兒 雞尾酒	syam.pe.in **샴페인** 香.片.音 香檳
peu.raen.di **브랜디** 布.蓮.弟 白蘭地	nok.cha **녹차** 濃.擦 綠茶	si.khye **식혜** 西.給 甜酒
in.sam.cha **인삼차** 音.山.擦 高麗人參茶		

17 水果

Track 63

gwa.il 과일 瓜.憶兒 水果	ttal.gi 딸기 大耳.給 草莓	po.do 포도 普.土 葡萄
sa.gwa 사과 傻.瓜 蘋果	gyul 귤 求兒 橘子	bok.sung.a 복숭아 伯.順.阿 桃子
ja.du 자두 叉.禿 李子	gam 감 甘 柿子	bae 배 配 梨子
geo.bong 거봉 哥.碰 巨峰葡萄	su.bak 수박 樹.怕客 西瓜	ja.mong 자몽 叉.夢 葡萄柚
cha.moe 참외 恰.妹 香瓜		

18 蔬菜

Track 64

bae.chu
배추
配.醋
白菜

mu
무
木
蘿蔔

ga.ji
가지
哥.幾
茄子

dang.geun
당근
當.跟
紅蘿蔔

gam.ja
감자
甘.叉
馬鈴薯

kang.na.mul
콩나물
空.娜.母兒
豆芽菜

yang.bae.chu
양배추
洋.配.醋
高麗菜

yang.sang.chu
양상추
洋.傷.醋
萵苣

si.geum.chi
시금치
細.刻木.氣
菠菜

kkae.nip
깻잎
跟.你
蘇子葉

u.eong
우엉
屋.翁
牛蒡

ae.ho.bak
애호박
愛.呼.怕客
韓國南瓜

bu.chu
부추
樸.醋
韭菜

pa
파
怕
蔥

go.chu
고추
姑.醋
辣椒

ma.neul 마늘 馬．呢耳 大蒜	yang.pa 양파 洋．怕 洋蔥	han.geun 한근 憨．滾 1 斤（600g）
pan.geun 반근 胖．滾 半斤（300g）		

19 建築物

Track 65

keon.mul 건물 空．母兒 建築物	bae.kwa.jeom 백화점 配．誇．獎 百貨公司	syu.peo 슈퍼 羞．波 超市
pyeo.nui.jeom 편의점 騙翁．你．獎 便利商店	a.pa.teu 아파트 阿．怕．土 公寓	u.che.guk 우체국 屋．切．庫 郵局
eu.nyaeng 은행 運．狠 銀行	hak.gyo 학교 哈．教 學校	ho.tel 호텔 呼．貼兒 飯店

re.seu.to.rang **레스토랑** 淚.思.土.郎 餐廳	po.jang.ma.cha **포장마차** 普.張.馬.擦 路邊攤	no.jeom **노점** 努.求母 賣小點心的攤販
su.jok.gwan **수족관** 樹.主.狂 水族館	yu.won.ji. **유원지** 有.旺.奇 遊樂園	pang.mul.gwan **박물관** 胖.母.狂 博物館
mi.sul.gwan **미술관** 米.贖兒.狂 美術館	gong.won **공원** 工.旺 公園	hwa.jang.sil **화장실** 化.張.吸兒 廁所
hwan.jeon.so **환전소** 換.窘.嫂 （外幣）兌換處	yeok **역** 有苦 車站	gae.chal.gu **개찰구** 給.差.姑 剪票口
gong.hang **공항** 工.航 機場	chu.yu.so **주유소** 阻.有.嫂 加油站	gyeong.chal.seo **경찰서** 恐恩.差.瘦 警察署
pa.chul.so **파출소** 怕.糗.嫂 派出所	byeong.won **병원** 蘋.旺 醫院	so.bang.seo **소방서** 嫂.胖.瘦 消防站

20 交通工具

Track 66

pi.haeng.gi 비행기 皮.狠.給 飛機	pae 배 配 船	taek.si 택시 特客.細 計程車	cheon.cheol 전철 窘.球 電車
chi.ha.cheol 지하철 奇.哈.球 地鐵	peo.seu 버스 波.思 巴士	ke.i.beul.ka 케이블카 客.伊.不.卡 電纜車	
cha.jeon.geo 자전거 叉.窘.口 腳踏車	o.to.ba.i 오토바이 喔.投.爬.伊 機車	ko.sok.do.ro 고속도로 姑.收.斗.樓 高速公路	

21 觀光景點

Track 67

dong.dae.mun 동대문 同.貼.目嗯 東大門	nam.dae.mun 남대문 男.貼.目嗯 南大門	seo.ul 서울 首.爾 首爾

bu.san **부산** 樸.傘 釜山	dae.gu **대구** 貼.姑 大丘	kyeong.ju **경주** 慶恩.阻 慶州
je.ju.do **제주도** 採.阻.道 濟州島	kang.hwa.do **강화도** 剛.化.道 江華島	in.cheon **인천** 音.餐 仁川
pan.mun.jeom **판문점** 胖.目嗯.求母 板門店	su.won **수원** 樹.旺 水原	kong.ju **공주** 工.阻 公州
pu.yeo **부여** 樸.有 扶餘	dae.jeon **대전** 貼.窘 大田	an.dong **안동** 安.東 安東
chun.cheon **춘천** 春.餐 春川	myeong.dong **명동** 明.同 明洞	jong.ro **종로** 窮.樓 鍾路
in.sa.dong **인사동** 音.沙.洞 仁寺洞	tae.hang.ro **대학로** 貼.哈恩.樓 大學路	i.tae.won **이태원** 伊.太.旺 梨泰院

yeo.i.do 여의도 有.衣.土 汝矣島	ap.gu.jeong 압구정 阿.姑.窮 狎鷗亭

問題練習解答

問題練習 1

❷ 翻譯練習（中文翻成韓文）

1. 理由 (이유)
2. 牛奶 (우유)
3. 嬰兒 (유아)
4. 玻璃 (유리)

❸ 跟老師唸唸看

1. 아우 (弟弟)
2. 아이 (小孩)
3. 우유 (牛奶)
4. 으응 (嗯～)

❹ 聽寫練習

1. 아야 5. 유리
2. 이유 6. 어이
3. 우유 7. 유아
4. 아우 8. 이어

問題練習 2

❷ 翻譯練習（中文翻成韓文）

1. 傻瓜、笨蛋（바보）
2. 都市（도시）
3. 秘書（비서）
4. 誰（누구）

❸ 跟老師唸唸看

1. 주소 (地址)
2. 지구 (地球)
3. 휴지 (面紙、衛生紙)
4. 혀 (舌頭)

❹ 聽寫練習

1. 가구 5. 바보
2. 어디 6. 누구
3. 우리 7. 어리
4. 거기 8. 구두

問題練習 3

❷ 翻譯練習（中文翻成韓文）

1. 茶、車子 (차)
2. 餅乾 (쿠키)
3. 卡片 (카드)
4.T 恤 (티셔츠)

❸ 跟老師唸唸看

1. 코트 (大衣)
2. 커피 (咖啡)
3. 고추 (辣椒)
4. 우표 (郵票)

❹ 聽寫練習

1. 고추 5. 우표
2. 카드 6. 쿠키
3. 티셔츠 7. 코트
4. 차 8. 커피

問題練習 4

❷ 翻譯練習（中文翻成韓文）

1. 那麼 (또)
2. 剛才 (아까)
3. 哥哥 (오빠)
4. 離開 (떠나다)

❸ 跟老師唸唸看

1. 싸우다 (打架)
2. 가짜 (騙子)
3. 쏘다 (射、擊)
4. 꼬마 (小不點)

❹ 聽寫練習

1. 뺨 5. 꼬마
2. 떠나다 6. 가짜
3. 아까 7. 오빠
4. 쏘다 8. 싸우다

問題練習 5

❷ 翻譯練習（中文翻成韓文）

1. 注意 (주의)
2. 醫生 (의사)
3. 怪物 (괴물)
4. 公司 (회사)

❸ 跟老師唸唸看

1. 메뉴 (菜單)
2. 예배 (禮拜)
3. 시계 (時鐘)
4. 교과서 (教科書)

❹ 聽寫練習

1. 웨이브
2. 취미
3. 웨이터
4. 의사
5. 귀
6. 원
7. 의자
8. 뭐

安妞！

一口氣學會韓語40音

【25K+MP3】

Hi! Korea

▶ 玩玩韓語 10

著者	金龍範
發行人	林德勝
出版發行	山田社文化事業有限公司 臺北市大安區安和路一段112巷17號7樓 電話 02-2755-7622 傳真 02-2700-1887
郵政劃撥	19867160號 大原文化事業有限公司
總經銷	聯合發行股份有限公司 新北市新店區寶橋路235巷6弄6號2樓 電話 02-2917-8022 傳真 02-2915-6275
印刷	上鎰數位科技印刷有限公司
法律顧問	林長振法律事務所 林長振律師
書＋MP3	定價 新台幣 299 元
初版	2019 年 12 月

© ISBN : 978-986-246-563-9